BLOODY ROADS TO
GERMANY
杀向德国的血路
许特根森林和突出部战役

【美】威廉·F. 梅勒/著 雷素霞/译

图书在版编目(CIP)数据

杀向德国的血路：许特根森林和突出部战役 /（美）威廉·F.梅勒著，雷素霞译. —重庆：重庆出版社，2015.8
 ISBN 978-7-229-09616-8

Ⅰ.①杀… Ⅱ.①威…②雷… Ⅲ.①长篇小说—美国—现代 Ⅳ.①I712.45

中国版本图书馆CIP数据核字(2015)第055906号

杀向德国的血路：许特根森林和突出部战役
SHAXIANG DEGUO DE XUELU: XUTEGEN SENLIN HE TUCHUBU ZHANYI
[美]威廉·F.梅勒　著
雷素霞　译

出 版 人：罗小卫
责任编辑：马春起
责任校对：李小君

重庆出版集团
重庆出版社 出版

重庆市南岸区南滨路162号1幢　邮编：400061　http://www.cqph.com
重庆出版集团艺术设计有限公司制版
重庆国丰印务有限责任公司印刷
重庆出版集团图书发行有限公司发行
E-MAIL:fxchu@cqph.com　邮购电话：023-61520646
全国新华书店经销

开本：720mm×1000mm　1/16　印张：11　字数：125千
2015年8月第1版　2015年8月第1次印刷
ISBN 978-7-229-09616-8
定价：35.00元

如有印装质量问题，请向本集团图书发行有限公司调换：023-61520678

版权所有　侵权必究

献给我的父亲，也就是下面第一位：

爱德华·E. 梅勒，下士，1917—1919年服役

隶属步兵28师110团I连3排，曾经荣获银星勋章、紫心勋章、欧洲作战奖章（European Campaign Medal）、三枚银质战斗勋章（香槟-马恩战役、埃纳-马恩战役和宾夕法尼亚国民警卫队防卫区战役）和胜利奖章。

威廉·F. 梅勒，上士，1943—1945年服役

隶属步兵28师110团战斗队I连2排，曾经荣获战斗步兵徽章、铜星勋章、战俘奖章、欧洲作战奖章、三枚银质战斗勋章（莱茵兰战役、阿登高地战役和中欧战役）、集体荣誉奖状、品行优良奖章、美国本土作战奖章和胜利奖章。

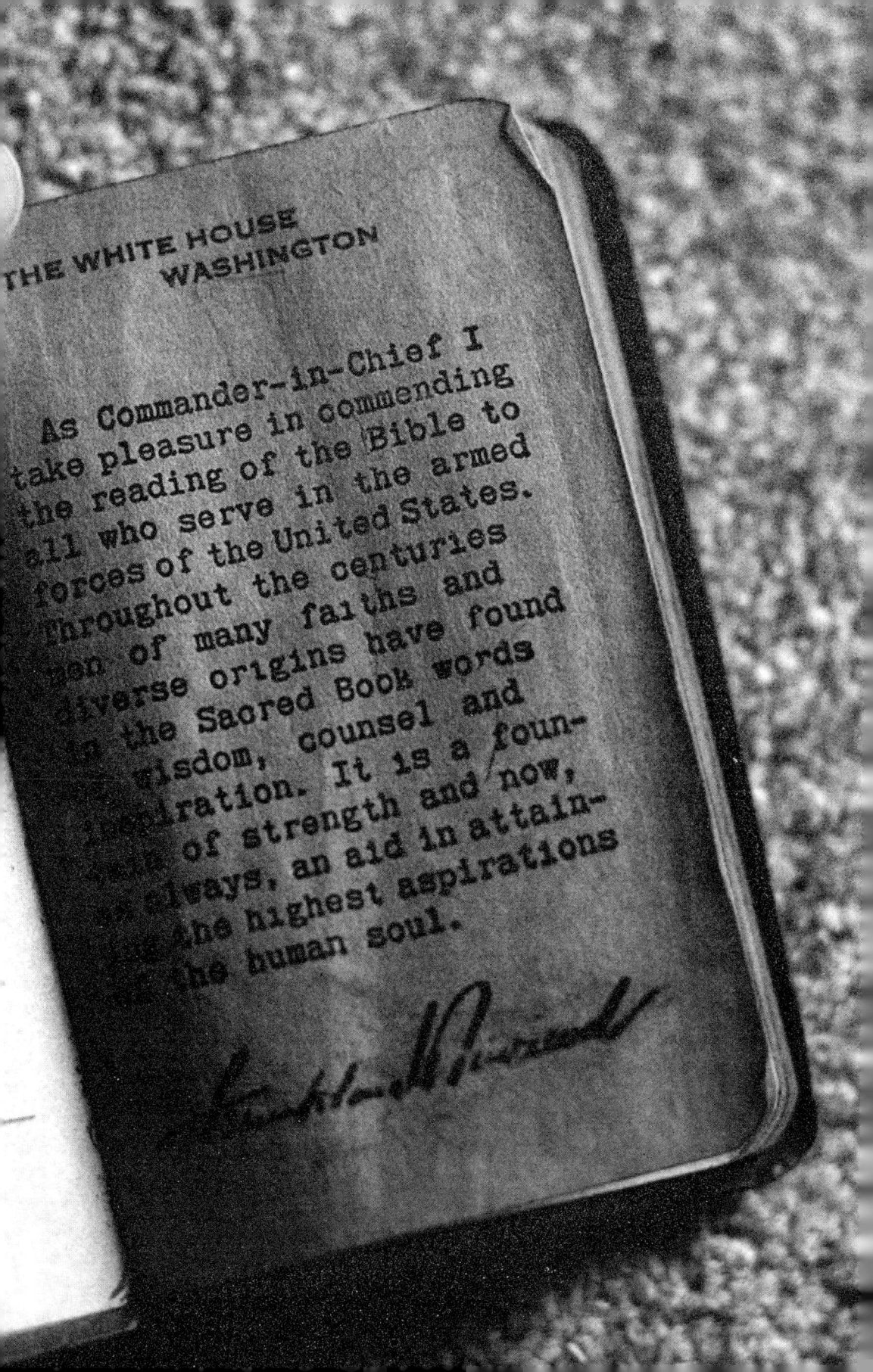

THE WHITE HOUSE
WASHINGTON

As Commander-in-Chief I take pleasure in commending the reading of the Bible to all who serve in the armed forces of the United States. Throughout the centuries men of many faiths and diverse origins have found in the Sacred Book words of wisdom, counsel and inspiration. It is a fountain of strength and now, as always, an aid in attaining the highest aspirations of the human soul.

Franklin D. Roosevelt

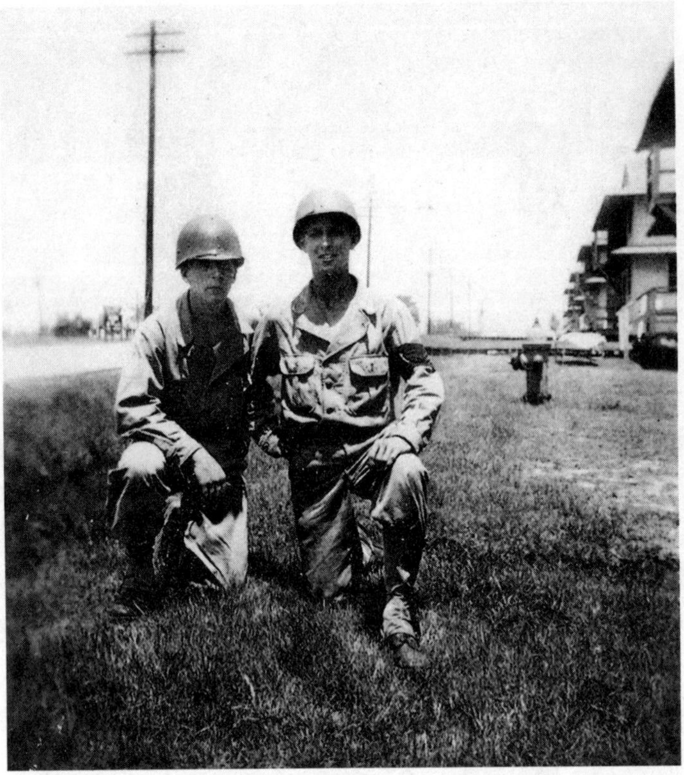

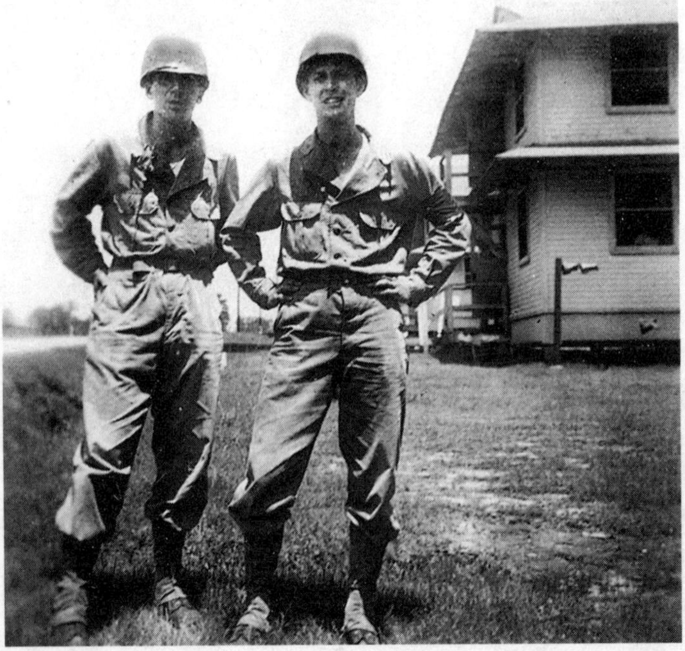

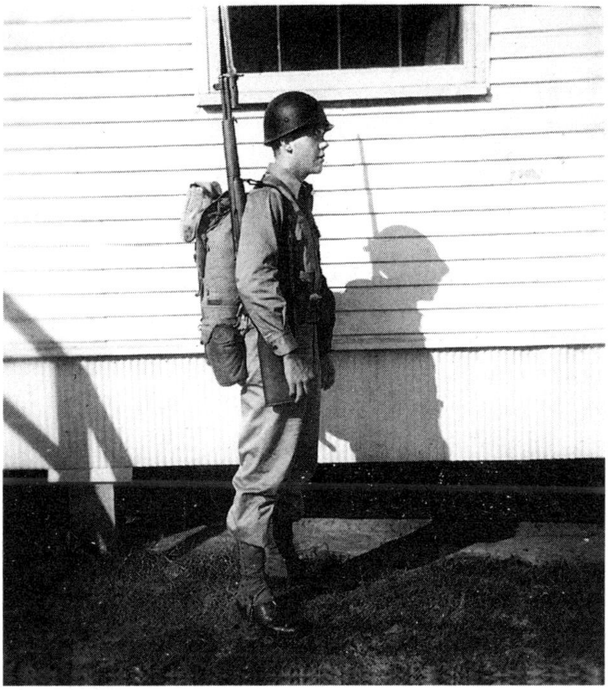

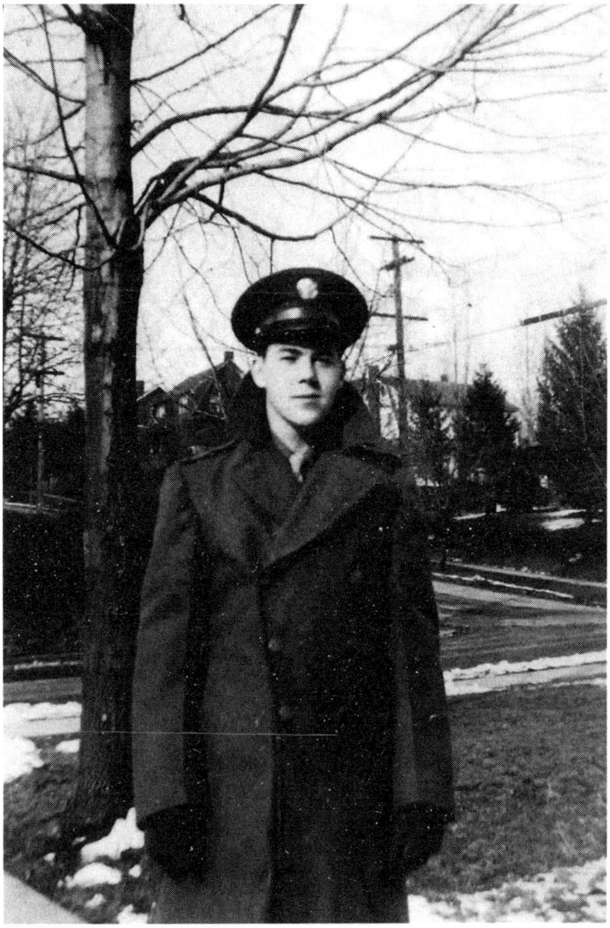

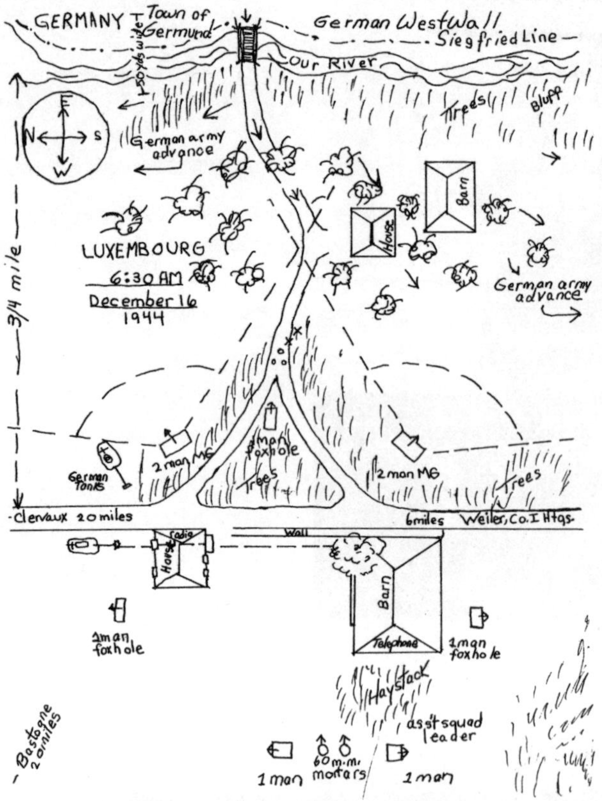
GERMANY
Town of Germund
German WestWall
Siegfried Line
Our River
150 yds wide
Trees
Bluff
E
N
S
W
German army advance
LUXEMBOURG
6:30 AM
December 16
1944
3/4 mile
German army advance
House
Barn
2 man MG
1 man foxhole
Trees
2 man MG
Trees
German Tanks
Clervaux 20 miles
6 miles Weiler, Co. I Hdqs.
Wall
Radio
House
Barn
Telephone
1 man foxhole
1 man foxhole
Haystack
ass't squad leader
60 m.m. mortars
1 man
1 man
Bastogne 20 miles

LADIES

Kriegsgefangenenpost
Correspondance des prisonniers de guerre

Postkarte Carte postale

An / A: rec'd March 7-45

Mrs. E E MELLER - 2227

Gebührenfrei! Franc de port!

Absender / Expéditeur:
Vor- und Zuname / Nom et prénom:
SGT. WILLIAM F. MELLER

Gefangenennummer / No. du prisonnier: 25727

Lager-Bezeichnung / Désignation du camp:
siehe Rückseite / voir au dos

Deutschland (Allemagne)

Empfangsort / Lieu de destination: 2227 INDEPENDENCE

Straße / Rue: NIAGARA FALLS

Land: NEW YORK

Landesteil (Provinz usw.) / Département:

Kriegsgefangenenlager M.-Stammlager IX B.
Camp des prisonniers: BAD ORB

Datum: JAN 9, 1945

Dear Family: This is the type of card of which I can write to you 4 per month. I am fine & just waiting to get home. Keep all mail & pkgs coming as possible. Add graham crackers & baked beans to my list. Don't worry about anything. I can send only 2 letters plus cards, be sure to keep writing. All my love. F. P.S. Hello to Frank.

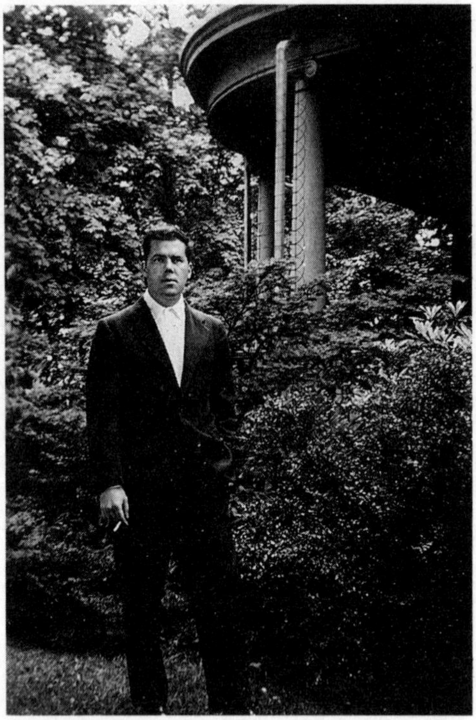

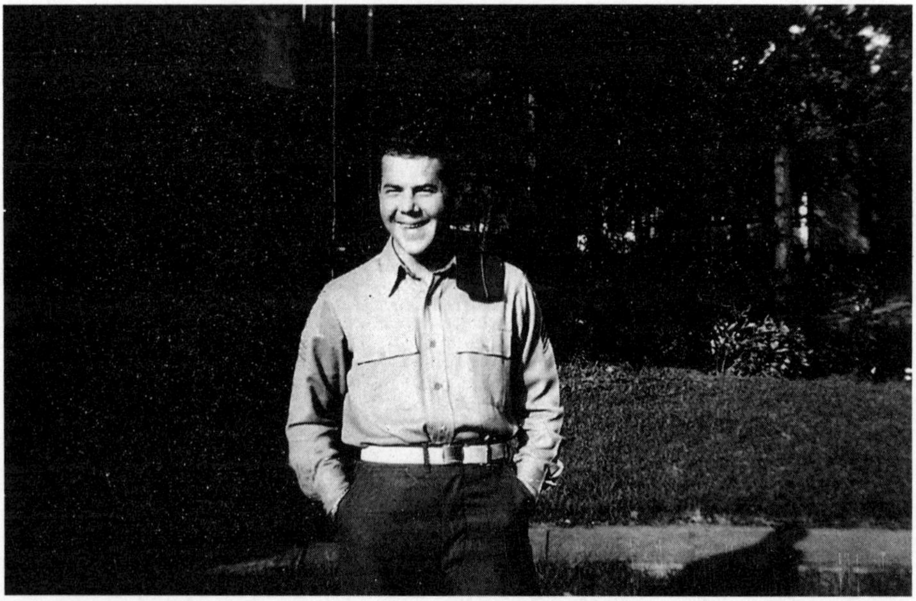

CPL. EDWARD E. MELLER
3rd PLTN.-I CO. 110th INFANTRY
28th DIVISION
1917 - 1919
S/SGT WILLIAM F. MELLER
2nd PLTN. I CO. 110th INFANTRY
28th DIVISION
FEB. 1943 - SEPT. 1945
AEF
MACHINE GUN
CARBINE

目录
CONTENTS

引　言 ······················· 1

第一章　战役 ······················· 3
第二章　姓名,军衔与序列号 ··············· 34
第三章　棚车 ······················· 71
第四章　第九战俘营B区,巴德奥布 ············ 87
第五章　第九战俘营,齐根海恩 ·············· 103

尾　声 ······················· 156

后　记 ······················· 159

引 言

以下记叙的是很久以前发生在一个遥远地方的一次步兵战役。这样的叙述纯属个人行为。虽说久远，但也没有那么遥不可及，因为人类的价值观与情感能够穿越时空。本书讲述的是一个年轻人的故事，也就是作者本人，但如今已青春不再。在年轻人参战期间的有些时刻里，死亡与永恒似乎近在咫尺，他们之中有一部分人会在那些时刻里变老。战争场景会始终停留在他们的脑海中，一如1944年时那样令人恐怖。当然，这些记忆中的场景，也能为我们所有的人提供经验教训。

一天，我身着绿色陆军上士制服，前去参加扶轮社的午饭聚餐，遇见了比尔·米勒（Bill Miller）。找到地方坐下之后，他看着自己的战斗步兵徽章说："我获得了一枚。"我一边登记他的年龄，一边问："欧洲战役，还是太平洋战役？"他答道："欧洲战役。"由于我冷战期间曾在德国服役将近八年，所以我问他在欧洲什么地方。他回答："噢，在一个你肯定没有听说过的地方，一个名叫施密特（Schmidt）的城镇。"

比尔和我都在战争中担任过步兵排长。我参加的战争发生在越南，而且我接受过一定程度的训练。回国以后，我们之中许多仍在服役的人认为，我们应该接受进一步的训练，以便参加下一次战争。于是，我们开始研究过去的例子。由于欧洲似乎是最大的冲突点，于是我们瞄准了二战。有关二战的零零碎碎的复印资料被塞进背包行囊中。我们在指挥参谋学院（The Command and General Staff College）研究的两个战役资料，包括施密特战役和突出部战役。施密特战役详细地展示了对抗训练有素的死敌时，不应该采取的行动；突出部战役展示了如何从突袭中恢复，进而击溃敌人的攻势。

后来在欧洲，我手握二战地图，偕同下属的步兵营军官沿着比尔走过的路线，重新走了一次。我们从他们用过的散兵坑中向外看去，试图学习他们的牺牲精神与做法。这些匆匆受训尚未做好准备的年轻人，曾经在德国边境神圣不可侵犯的漆黑森林中，机智勇敢地对抗敌军。我们虽然是步兵学校的专业人士，但真正服役的时间非常短，因此站在雨雾中，我们对他们的英勇行为充满了敬畏。引用1944年一位步兵的话："我们只盼着被杀、受伤或者被俘。"

我给比尔的回答让我获得了巨大的满足感："我去过施密特，我想听听你的故事。"我相信，你也想听。

迈克尔·多森
美国陆军步兵团退休上校

第一章 战 役

1944年12月16日，清晨6：30

我的腿无法动弹，我的双脚被卡住了，而且耳畔不断回荡着可怕的尖叫声。那个无脸的头正冲着我，一块闪着微光的白骨从那团浸满鲜血的东西中伸出来。那曾是某人的儿子。另一个儿子正在哭喊着要妈妈，但他妈妈却再也听不到他的声音。一具尸体失去了头颅，那种令人发疯的恐惧感无法消失。我不是一个迷失在疯人院里的可怜家伙，而是一名最健康、最聪明、最强壮的美国青年。可我是怎么到这里来的？我怎样出去？

铃声将我惊醒，我浑身汗湿。这是个梦吗？电话里狂躁的声音压着嗓子说："军士，我们前面的地里全是德国佬，数百个，全副武装。他们现在还没有看见我们。我们该怎么办？"这可不是梦。我吞了口唾沫。

"架起机关枪，接下来的五分钟里短时突发，然后看到目标再开火。让雷德（Red）用他的勃朗宁自动步枪。我们对一下表，现在是六点三十分，我会和你联系的。"

外面漆黑一片。我并不知道这是突出部战役的开始。

我心里想：这一定是一支搜寻战俘的战斗巡逻队，而且他们就在我们前院里。我们的机枪会把他们吓得屁滚尿流，一路逃回德国去。我给左边的散兵坑打电话。

"把你们的机枪枪口掉过来，对着公路；我们有访客。你们会听到科洛内尔（Colonel）和雷德开火。接下来的五分钟里短时突发，然后随机开火。现在六点

杀向德国的血路：许特根森林和突出部战役

三十分。"

那个颤抖沙哑的声音回应道："该死的，雾太大，我们什么都看不见。他们在哪里？"

"记住，比尔在你和科洛内尔之间的散兵坑里。注意你的发射线，我会再与你联系。"我从谷仓后门走出，一把抓住我的副班长，"约翰（John），前面路边有敌人正在发起进攻。两门迫击炮都用起来，每门打五发炮弹，快速连发，然后停下。从谷仓顶上打过去，落在前面两百码的地方。派一个你的人去右边的散兵坑，让德克斯（Tex）用他的来复枪向雾里慢射，大约打完两弹夹子弹后停火。"我向左边的散兵坑走去。

查理（Charlie）问："军士，怎么闹哄哄的？"

"德国人进攻了，我们想把他们吓跑。睁大眼睛，看到东西再开火。"

"他们还没到呢。"

"会到的。"

"可是，军士，这里只有我一个人。这样的雾天我什么也看不见。"

"我知道。"

我们是28师110团I连2排。我们正在孤军奋战。我是班长，刚刚晋升为参谋上士。我手下有人，但我们一共只有12人，本来应该有40人。我的军衔是军士，没有排长。我们的实力仅仅相当于一个排的四分之一，这不是打仗的时候。现在这里由我做主。

两挺30mm口径的机关枪，两门60mm迫击炮，7支来复枪都在发出很大的声音。浓密的大雾正在弥漫开来，将我们笼罩在这可怕的黎明前的黑暗之中。德国佬看不到我们的火力部署，也看不到我们。天很黑，雾很大，他们离得也不够近，所以看不到这座房子和谷仓。他们现在肯定感觉到了我们的火力，但只要这雾不散，他们就不知道我们的火力虚实。再过大约一小时天就亮了。我们知道他们在哪里，但他们一直在移动。关键是要让他们相信我们的火力比实际大得多。

第一章 战 役

在许特根森林战役中,我已经懂得,一旦开战,我们绝对会竭尽全力。我们不缺弹药。这里没有明天,只有今天。我告诉我的士兵们:"即使我们不能消灭他们,也要把他们吓死。"

附近没有美国人可以帮我们。距离最近的救兵是I连指挥部,驻扎在一个名叫魏勒的小镇上,沿着这条路走六英里即可到达,在这两点之间空无一物。K连驻扎在同一条路的北部,距离足足五英里。我们按照命令驻守在卢森堡一座破旧的农舍与谷仓内外和四周,在德国—卢森堡边界西部四分之三英里处。乌日河形成一道天然分界线,其后就是齐格弗里德战线。巴斯通尼在我们后方朝西二十五英里处。营部驻守在康斯顿(Constun),在我们后方十五英里处。我们守卫的地方是一个交叉路口,这条碎石路从德国直通向我们。我们驻守的位置就是它的尽头,和那条与边境平行的道路形成一个倒T字形。沿着这条路,可以到达西北方向大约二十英里处的克莱沃镇,团部就驻扎在那里。我们后边除了空地,一无所有。德国人就在我们前院,只有我们与他们。

杀向德国的血路：许特根森林和突出部战役

1944年12月16日，早上7：15

德军已经还击我们一个小时，轻武器、冲锋枪、手提轻机枪以及来复枪，各种武器都在开火。没错，他们正在朝着我们的机关枪发声的方向开火——机关枪总是能够吸引火力。德军的冲锋枪与轻机枪发出的高音听上去如同牙钻在碾磨我的牙齿，在漆黑的夜色中似乎距离更近。天呐，我憎恨这种声音，它是死亡之声。我走向右侧的机关枪。夜色太黑，我差点径直从它旁边走过。德军轻武器发射的火力来自东南方向，他们很可能在等候天亮，也许已经掉头回家。我心想：他们有多少人在那儿呢？

"军士，雾太浓了，我们什么都看不见，我不知道他们在哪里。"雷德说。

"看到东西再开火。他们也不确定我们的位置，"我说，"所以，小心点儿，他们可能就在我们前面。他们也许径直爬到这个散兵坑边上，你都还看不到。我去比尔那边看看。"我精神亢奋，已经做好准备。我已经学会了如何战斗。

第一章 战 役

1944年12月16日，早上7：30

天色仍然漆黑，雾越来越浓。我的士兵们有些紧张，这是他们第一次面对敌人。我在树木之间一寸一寸地移动，每棵树就像一个老朋友。我将卡宾枪移到左肩，然后从枪套中拔出点四五口径的科尔特枪，扳起击铁，打开保险，做好开枪准备。万一撞到敌人，这把科尔特枪比较适合近距离射击。它能够打爆头部，炸裂身体。我停下脚步，听了听动静。我听到自己的心脏在怦怦跳动，但我走动带出来的声音更大。德国佬可能就藏身在这些树木之间，也许已经听到了我的动静。我张口呼吸，声音过大，于是我试着用鼻子呼吸。此刻耳畔仅留下德军轻武器的开火声；他们一定是在追逐科罗内尔的机关枪，不过我听不到它的声音。我已经移动了二十码，柔软的泥土湮没了我的脚步声。我或许会撞上敌人；德军觉得天色漆黑，我也一样。他们就在这周围的某个地方，可究竟在哪里呢？我想大声尖叫，告诉他们：我在这里。

现在，我感觉到碎石路就在我的脚下，我距离散兵坑更近了。它应该就在这条路的另一边。我仿佛被蒙住了眼睛，在摸索前进，我感觉地面在升高。

我找到了散兵坑。我不想让德国人察觉到我的存在，于是屈膝跪在地上，低声说："比尔，是我，军士。"周遭如同坟墓一般寂静。我可不希望他向我开枪。在浓雾中，他有可能认不出我来。我俯在散兵坑上，看见了他。我最信任的士兵面朝下趴在坑底，已经死了，他昨天刚从医院回来。他的上衣背部落满了德军的黑色手榴弹碎片，头盔已经被炸掉，落在旁边。我将他的身体翻过来，没有受伤的痕迹，他干净的脸上神色平静。爆炸后的敌军手榴弹就在坑内他的尸体旁边。引爆时的冲击力瞬间夺取了他的生命。他的来复枪内没有弹夹，手榴弹爆炸时，他肯定正将子弹装进枪内。我本不应该派他到这儿来的。悲痛涌上心头，我感到十分愧疚，眼泪模糊了我的双眼，那个杀害他的混蛋太可恨了。我憎恨所有的德国人，如果不是德国人，我们就不会来到这里，比尔也不会死在这个肮脏的散兵坑内，而是待在他乔治亚州的家里。我听到德军的轻武器就在那片树木那边响。

我将比尔的尸体摆放好，让他看起来就像正在观察那条路和左右机关枪的位置。这个姿势可以一直保持到战斗结束。这个散兵坑位于中心，路就是在这里分成一个倒V字形，农舍与谷仓前三十码处就是这条路的尽头。这地方林木浓密，白天的时候，从这个位置向路上射击的射程可以达到半英里。再往前0.25英里就是乌日河、齐格弗里德战线与德军。我没有多余的人手来搬运比尔的尸体，但战斗结束后，我会回来带走他。我捡起他的来复枪和弹药，走向左侧的散兵坑。我心情沉重，但不能在士兵们面前表露出内心的痛苦，因为他们现在背负的压力已经太大。

这个散兵坑的位置在比尔那个散兵坑的左侧，向北三十码。这三个位置形成一个半圆。这里的机关枪同右侧机关枪的架位相同，有两个士兵操作，一个是机枪手，一个是送弹手，两个人都配备了M1来复枪和手榴弹。我被一棵树绊了一下，随后看到了他们："比尔被一颗手榴弹击中了，这说明德军距离较近，能够看见他，或者看见他的来复枪。务必小心，谨防德国佬对你们故伎重施。刚才我自动现身之前，你们既没有听见我靠近的动静，也没有看见我。我完全能够把你们干掉。"

"这是我们第一次参加战斗，我们从没见过德国佬。刚才我们已经毫无目标地短射了五分钟。这雾像一团泥糊，我们连你靠近我们都没听到。我们说不定还会开枪打自己人。"

事实的确如此，我不得不同意他的看法："一直保持警惕，我去彼得（Peter）那儿看看。"

这个散兵坑靠近北边，距离农舍较近。我表明身份后，问是否能看到德国佬。

"黑乎乎的，我什么都没看见。早些时候，我听到两侧都有开火声，但现在安静了。那边的德国佬在射击什么？"

"我们。"

第一章 战 役

"有人中弹吗?"

"有,比尔被手榴弹击中了。他们偷偷靠近了他。"

"天呐。"

"看到目标再开火,还有……小心。我去农舍那边。"

"把手榴弹从夹克上取下来,摆放在你面前,"我又低声说,"很快就会派上用场。"

我将45 mm口径的科尔特枪插进皮套,然后从肩上取下卡宾枪,打开保险,在雾中慢慢地小心前进。

在谷仓后面迎候我的是副班长约翰和迫击炮队,约翰和我上个月刚刚在许特根森林战役中一起突破德军防线逃出来。

"为了以防万一,我们加深了散兵坑。"他向我报告,"我们何不在前方五百码处再布置二十门迫击炮,阻挡他们靠近这里?"

我笑了:"好主意,这次慢射。"我开始渐渐喜欢上这位新的副班长。这是我整个早上第一次露出笑容。约翰和我年纪相仿,长着一张圆脸,显得非常可爱,他戴着眼镜,是一个非常有教养的人。我暗自希望他能够一直留在我身边。

我告诉他:"比尔在农舍前牺牲了。"

"怎么回事?"

"被手榴弹击中了。"

"天呐,真令人难过。我知道你非常喜欢他。"

"是啊。"我一字一句地说,"现在,我们只有十一个人,我们必须非常小心。如果德国佬往这边来,你们就开火,这样,我就能听到你们这边的动静。我去农舍里试试无线电,你给我派一个人。"

"带斯利姆(Slim)去吧。"

斯利姆在厨房里通过无线电接通了连队指挥部。只有一个人的声音响起,告诉他那里没人,所有的人都在外面同德军作战。斯利姆接着呼叫营部,但是没有回答;他再次呼叫连部,没人接听。

杀向德国的血路：许特根森林和突出部战役

"来，打开，呼叫Mayday，我们现在急需坦克支援。"我发出命令。

片刻之后，他的声音像破损的磁带一样响起。

"Mayday，Mayday，我是Fox2，我们现在急需坦克支援，速来，速来。"

我能够听见迫击炮轰隆隆的开火声，也听见了敌军的还击声，使用的全是轻武器。他们没有使用重型武器，这对我们有利，但他们足以将我们淘汰出局。我真的希望迫击炮队能够击中一些目标。

斯利姆抬起头："那是迫击炮的声音吗？"

"斯利姆，让无线电一直开着，待在这儿，避开麻烦。"

第一章 战 役

1944年12月16日，上午7：45

我穿过谷仓，通过野战电话联系上了科罗内尔。

"我们看到目标才开火。"他向我报告。

"通向德国的那条路，你们能看多远？"

"我们连路都看不见，可视距离大约只有十五英尺。我们担心他们会像对付比尔那样悄悄靠近我们。"

"把手榴弹摆到面前。"我提醒他们，"只要觉得自己听到了响动，就扔手榴弹。我们可不能再有伤亡了。"

"谢谢。"他低声说。

我伸手探入大保温罐中，掏出几块薄饼，然后在上面抹上草莓酱，在里面裹上熏肉。噢，味道美极了，我不知道自己已经饿了。到目前为止，德军还没向我们发起攻击。我最好再到外面查看一次。我重新走出农舍，向迫击炮队所在的位置走去。

杀向德国的血路：许特根森林和突出部战役

1944年12月16日，上午8：00

我一把抓住剩下的两名迫击炮队员，转身向前走去。"我想看看在雾里是否能够有所发现，跟我来。"我们在雾中慢慢地走着，异常小心。约翰的迫击炮正在热火朝天地开炮，炮壳纷纷落在我们前方右侧。我感觉不错，这是我第一次听到不是向我们打来的迫击炮声，我以前从未进行过防守。黎明的到来使天色略亮，但在浓雾中的可视距离只有十英尺左右。我伸出手，可以触摸到浓雾，这种状况极度危险。我们经过比尔躺着的那个散兵坑，他们两人都看到了战友的尸体，但什么话都没有说。没必要说什么，尸体已经说明了一切。

我有些惊讶于自己的镇定，这种感觉不错。我似乎完全能控制自己的情绪，我清楚地知道自己应该做什么。迫击炮声已经停止，四周死一般地寂静，仿佛墓地。这如同对弈，彼此都在等待对手暴露自己。四周没有一丝动静。在这浓雾之中，远处究竟有什么呢？那些狗娘养的可能就在我们前方。我低头看着脚下的碎石路，雪已经开始融化。我们有可能正在走入德军机关枪的射程之内，以前就发生过类似的事情。我们的来复枪挎在身体的一侧，里面装满了子弹，枪机已经打开。我们时刻准备摧毁雾中走出的一切。我走在前面，其余两人一左一右紧跟在后面。我们离开那个倒霉的散兵坑，小心翼翼地走在碎石路上，没有弄出一丝声响。

我不想走得太远，我的机枪手不知道我们在这条路上。我们的迫击炮再次开火，炮弹落在我们前方右侧。德军的枪声间歇地响起，好像正在向我们前方右侧移动。我想，那或许是一支巡逻队，正要离开。我不想在这里走得太远，免得被自己人击中。我们没有发出一点声音，死一般的寂静简直要将人逼疯。情况还允许我走多远呢？我不想在浓雾中迷路。我口干舌燥，神经紧张，期待有事情发生。

突然，我大惊失色，心脏剧烈跳动起来，因为我差点撞上两名德军。他们身

第一章 战 役

着灰色制服,一个是上尉,一个是军医。他们就在我前面。我从未如此近距离地遇上两名全副武装的活生生的德军士兵。他们刚刚从雾中现身,正迎面向我走来。我抬高双手摇了摇,他们看见了,明白自己就站在我的枪口下。

军医举起了双手。上尉的右臂受了伤,他紧紧盯着我的眼睛,慢慢抬起左臂。我也盯着他。他想说:*不要杀我*。但他依旧沉默地注视着我。军医腰间别着一把卢格(Luger)手枪。我用举着枪的手指了指它,军医将枪交给了我。我取下上尉身上的瓦尔特(Walther)手枪,然后将两支枪全都别进腰间。这名上尉年纪尚轻,轮廓分明;军医年纪较大,面貌邋遢,头上戴着钢盔,臂上佩戴着红十字袖章。在这整个过程中,我的两名同伴始终举着来复枪指着两名德军,随时准备射击。

"打死他们。"一位士兵说。

我抬起手说:"我们不是杀人犯,不会打死他们。"

"这个军医携带武器,违反了《日内瓦公约》,我们可以打死他们。"

我转身面对他说:"你对《日内瓦公约》了解些什么?你要是打死他们,我就一枪打爆你的狗头。"我想起来了。他是从联邦监狱征召入伍的,是我排里最新补充的人员之一。被征召入伍那天,他们三人还是同住一室的狱友。我对他们都感到头疼。

"你们两个带走军医。"

"怎么处置他?"

"带到谷仓里去,睁大眼睛,也许还有敌军。"

在我低头将来复枪指向路面时,德军上尉的眼睛一直看着我。他走在两名步兵身后,我走在他身后。他和我的体格相近,五英尺十英寸高,体重175磅,年龄也与我相仿,二十岁左右。我迫不及待想与他交谈,他一定知道这一切是怎么回事。这些德军为什么在这里?他们这样做的目的是什么?我们的电话和无线电通讯出现了什么问题?

我始终将来复枪抵在上尉的背上,边走边左右观察,谨防德国人随时出现。

13

浓雾中有可能隐藏着一帮人，可以在几秒钟内就开枪将我们打死，我有些不安，这一切发生得太快，而且太容易。如果他们像我们一样把枪握在手中，也许我们就是举手投降的人。但是他们的枪没有握在手中，我想知道这是为什么。此刻，我们处在炮位的半圆之内，已在自己的火线内。我惊讶自己为何如此镇定。德军肯定就在我们四周，但我们仅仅发现了两名。到目前为止，我们没有新的伤亡人员。我不能再有任何伤亡。

我同两名曾是囚犯的士兵沿着碎石路一起慢慢走向农舍。经过散兵坑时，我指了指比尔的尸体。两名德军都明白发生了什么。

"告诉约翰在农舍里等我，你到迫击炮那边去。"我对大嘴巴士兵说。

"是。"他咕哝了一声。

我对另一个说："你把军医带进谷仓，守着他。他如果想逃，就打死他；他如果逃脱了，我就打死你。我带这个上尉到农舍里去。"

我接着对他说："我不想让军医和上尉待在一起。"

我们进入农舍后，我对无线电操作员斯利姆说："你先把那东西放一会儿，看看能不能给这个德国人处理一下伤口。"

"我知道怎么做。"

我将军医的卢格枪交给约翰。"给你作个纪念吧，是你们的迫击炮弹片让这个上尉受了轻伤。"

"我们发射了二十枚炮弹，只剩下几枚了。雾这么浓，也看不到结果。我们最好留住手头的，谁知道接下来会发生什么事情呢。"

"好，无线电呼叫没有接通；我们好像孤立无援。我要出去看看那道山脊那边是什么。守着这个上尉，等我回来。外面怎么这样安静？"

我去了农舍左侧靠北的散兵坑："我是梅勒。"

"我听到你来了。从今天早上起，我还没有看到一样东西，我的来复枪还没有开过火。发生什么事了？"

我告诉他刚刚发生的事情，然后要他到谷仓吃点煎饼，喝点咖啡。这些吃的

第一章 战役

是昨晚带进来充当早餐的。连里临近傍晚的时候用吉普车送来了这些食物。他们将热喷喷的食物装在巨型保温罐中送来,作为我们当天的晚饭和第二天的早饭。我们的早饭可以吃到包括熏肉、煎饼、草莓酱和咖啡。

"我在这儿等你。"我说,"你吃完后,让迈克(Mike)和乔(Joe)过来。"一个人吃饭的时候,花费的时间就不会太长,因为没有同伴可以交谈。所有人就这样逐个被替换下来,飞快地填饱肚子。他吃完之后,返回了散兵坑。今早,我不需要召集他们开会。

我穿过谷仓时,负责看守德国军医的那个士兵守在他旁边。"我可就指望你在这儿守着他了。"我说。他点头表示同意。我离开谷仓,穿过碎石路,朝右侧对着东南方向的散兵坑走去。在此刻的雾中,我的视线好了一点,因为黑暗的夜色已经退去。我到达了散兵坑。

"迫击炮落满了这片区域。可是雾太大,看不清楚它们有没有造成损伤。"雷德报告说。

"都是我们的迫击炮,这点还不错。"

我告诉他我们俘获两名德军的最新消息。"太好了,也许我们可以用这两个德国佬交换一张离开这儿的门票。"可是,这些话是否能够真的实现,我们毫无把握。

杀向德国的血路：许特根森林和突出部战役

1944年12月16日，上午10：00

"雷德，一直看着我。我要越过那个山脊，看看那边是否有情况。如果你看到有情况，就掩护我。"我根本不知道那边是什么情况，这样做很危险，但是德军一定藏在某个地方。他们究竟都到哪儿去了呢？我们俘获的这两名德军迎面碰上我们，他们正去往某个地方。各处的无线电都没有回答，好像所有的人都从地球上掉下去了。

我手中握着M1卡宾枪，科尔特手枪挎在腰上。这两把枪都是从死亡的美国士兵身上征用来的。卡宾枪的子弹夹被固定到枪托上，科尔特枪的弹盒卡在我的皮带上，两枚手榴弹插在我的两个上衣口袋中，战刀插在右边的军靴里。

我前方五十码左右有座小山脊。在这清爽寒冷的空气中，松树如同许多的圣诞树，散发出宜人的气味。不知道我今年是否能够看到圣诞树。一丝微风搅动了雾霭，我可以看到五十码左右，这就好点了。光线变亮了许多，但天空的乌云仍然黑沉沉地压在头顶。白雪已经随着气温的升高而融化，温度肯定达到了三十华氏度左右。我必须谨防中枪，因为任何地方都可能有德军的狙击手，我们又没有军医。一眼望去，看不到任何东西。我心想：这里安静得像墓地。我走出树林，在一棵树下停住脚步，眼前的景象令我的所有感觉顿时凝固。我想吞口水，可嘴巴太干。我完全被震住了，我是怎样走到这里来的？我前面的雾并不浓，出现在我眼前的，是我从来没有看到过的景象。一座浅浅的山谷就在我脚下，这是一片绵延一英里左右的牧草地，一丝雾霭都没有。

从我所在的地方看过去，山谷大约三英里宽，里面挤满了德军。这不是战斗巡逻；这是一次大的军事行动。构建一支军队需要的一切全部呈现在我的眼前：装甲步兵、兵员运输车、自驱炮，类似吉普的机动车、战防炮，以及数以万计的步兵。视线所及之处，全是士兵。他们成团地聚在一起，仿佛对空袭和炮轰毫无畏惧。这个规模看起来是一整个师的军队（战后，我了解到，当时我看到的是国

第一章 战 役

防军130装甲教导师)。令我感到庆幸的是,他们在山脊这边,而不是山脊背后。他们可能从我们身上碾过,根本听不到我们的尖叫声。他们肯定是从新木桥越过了乌日河,然后分散形成宽阔的阵线。之前,我曾反复要求过连长炸掉那座桥,可是,它依旧在那里,显然正在被德军使用,一定是我们的机关枪和迫击炮阻挡了他们,令他们无法沿路行军。由于浓雾遮住了我们的位置,他们肯定认为绕过我们要比同我们作战更迅速。他们太狡猾了。

接下来,他们会希望占据这条路的交叉口,而我们恰恰就据守在那里,迟早会惹祸上身。这座山谷中没有美军,I连总部远在山谷之外三英里处。我们被困住了,与连部和营部都无法通过无线电取得联系,也就不足为奇了。这样的对峙不公平,我们或许会被迫离开自己的阵地,突围出去。

我慢慢走回布置机关枪的散兵坑。"我们的同伴比我们需要的多啊,就在山那边,看看就知道了。德国佬此刻正在战线这侧朝着我们的反方向走。"

科洛内尔爬出散兵坑活动腿脚:"你是说我们被包围了?"

"对。"

"该死的,我本来还想回家过圣诞呢。"

"我们必须先把这些德国佬从这里弄出去。"

我转身走回农舍。我的情绪开始低落。

杀向德国的血路：许特根森林和突出部战役

1944年12月16日，上午11：00

斯利姆的任务完成得不错。"我把他的胳膊弄过了，给他包扎了绷带；吊腕带会让他更舒服一些。"斯利姆报告说，"伤口不大，那个德国军医已经处理过了。"

我对德国人点头示意，然后我们一前一后走进农舍的客厅，我们两个都坐到椅子上。他说他会说英语。"谢谢你给我吃的，还帮我处理伤口，而且没有打死军医和我。"我们在心里相互估量对方。他问："这里是你负责吗？"我点了点头。他一定在想：这个头脑简单的小兵和他的士兵凭借微不足道的力量，怎么可能挡住我们的袭击？而我想的是，他要去哪里？在所有这一切中，他充当了什么样的角色？他身着一件无懈可击的灰色军礼服，脚穿黑色军靴，头戴一顶作战军帽，肩上斜挎着一个双筒望远镜箱和一个漂亮的地图包。与他相比，我穿着一件破旧的野战夹克，肮脏不堪的旧裤子，破旧的战地靴，头顶钢盔。他的穿着似乎是为了参加游行，而我看上去似乎要去擦地板。

他与我年纪相仿，已经是一名上尉，脖子上佩戴着铁十字勋章，长夹克上则是斯大林格勒战役奖章。这两枚奖章都非常重要。

他是一个相貌英俊的金发男子，很可能还是一名运动健将。德国的女孩子或者其他任何地方的女孩子，都会认为他是一个很有魅力的男人。他的智商似乎也不错，我心中开始对他起了敬意。

"我想拯救你和你们所有人的性命，以此报答你的善心。你在这里所做的工作值得褒奖。"他说话时，我解下了他身上的地图包。在这场对话中，我是持枪的一方，而他没有枪。他崭新的地图包是皮质的，泛着微光。我将它打开后，不由睁大了眼睛。第一张地图绘制的是我们的阵地。机关枪所在的位置用红色标注，迫击炮是绿色，步枪手所在的散兵坑是黑色。农舍和谷仓按照比例绘制，甚至还包括干草堆。当他走出浓雾迎面碰上我时，他已经准确地知道自己的位置，以及我们具体的人数。这令我感到惊讶，但我微笑着说："干得不错。"他点头作为答复。

"有三百个连行进在这条路上，每个连有三百名士兵，他们会拿下这块阵地。如果现在投降，你和你的手下的性命就可以保住。"他向我讲述了斯大林格勒战役和苏联前线德军和苏军的伤亡情形。在他讲述时，我突然明白了德军如何获得了这张地图上显示的信息。

我笑了笑，然后说："农舍。"他只是看着我，似乎默认了我的意思。唉，我真是太傻了！另一座农舍与谷仓就坐落在通往德国的那条碎石路边上，就在我们阵地前方半英里处路的右侧，我们看得清清楚楚。这片地方四周全是开阔的草地，乌日河在路的正东大约四分之一英里处。德军驻扎在河的另一侧的齐格弗里德战线内。好几次，我们几个人站在树林里，俯瞰那条河，欣赏那座新桥，倾听豹式坦克引擎的声音，观看德军排队吃饭的长龙。身处双方不会相互射杀的非战区内，感觉有些古怪。至少，在今天上午之前是这种感觉。

杀向德国的血路：许特根森林和突出部战役

1944年11月中旬

每隔一天，就在破晓之前，我要带上三个人去那座农舍。这是连长的命令，我们要在那里观察农舍与乌日河之间的地带。我们认为德军会派出巡逻队来侦察我们，或者俘虏我们的人审问。这不出预料，因为这也是我们的常规做法。上周，一支美国巡逻队就过来要我核实他们的位置。巡逻队是营部派出侦察敌军位置的，如果我们发现德军巡逻队，我们要开始跟踪他们。不是他们侦察我们的情况，就是我们侦察他们的情况，经常双方都会这样做。

我的上级令我感到十分受挫。我曾多次请求设置诡雷和地雷，但都没得到回应。我想，和我一起的那三个步兵既然曾经是囚犯，也许知道如何保护自己，免遭德军的埋伏。但我们不到农舍去的每一天，德军却可以随心所欲地设置各种陷阱。我可不希望踏入农舍，然后被炸得粉身碎骨。于是，我们的特别委员会决定使用手榴弹，首先卸掉引信，使用钢琴丝拉住手柄。我们将手榴弹放在门厅内一个硕大的陶瓷罐中，然后将钢琴丝沿着地板一直牵到厨房中央。

钢琴丝距离地面大约两英寸高，只要穿过那扇门，无论是人还是动物，都会绊倒罐子，手榴弹就会爆炸，所有陶瓷碎片和弹片就会射入到罪魁祸首的身上。只要这些诡雷仍在原位，我就可以断定，农舍没有被入侵，我们进去也就相当安全。整个白天，守在机关枪位的士兵一直监视着农舍。但我们晚上看不到任何东西，因为夜色漆黑，伸手不见五指。

第二天过去了，没有听到任何爆炸声，夜间也没有听到任何响动。第三天早上，我们准时到达农舍，没有遇到来自德军的任何埋伏，或者说我们自认为如此。我们总是利用黑暗作为保护，在拂晓之前接近农舍。我们一直等到第一缕曙光出现，然后进入农舍。我们依次搜索农舍内的每一个房间，然后是谷仓。我最近从一个军官的尸体上得到一把口径为45 mm的科尔特自动手枪，所以此刻我可以带着武器进入房间。那把M1来复枪带着很别扭。

第一章 战役

我们以同样的方式搜遍了每一个房间,的确有点吓人。房门两侧各站着一名步兵,然后我端着科尔特枪,如同《道奇城》(Dodge City)中的怀亚特·厄普(Wyatt Earp),心惊胆战地冲进去。两名步兵跟着进入房间,严阵以待,准备随时应对任何可能出现的情况。我们晚上离开的时候,将出入农舍和谷仓的门都开着。接着,我们检查了之前设置的安全工具,结果有些出人意料。两颗手榴弹仍然处在原位,但钢琴丝却缠绕在手榴弹的把手上。钢琴丝已经被解开,拉发线也就不存在了,它此刻缠绕在把手上。手榴弹根本不可能爆炸,除非将钢琴丝被完全解开。这是谁干的?又是在什么时候?

谁是罪魁祸首,一目了然。不是我们中的任何一个,是那些混蛋干的。不过,是在什么时候干的呢?我们不在这座农舍里的任何时候都有可能。像幽灵一样?当然。我们面面相觑。我们完全有可能死在自己设下的陷阱中,我感到后背升起一股寒意。那天晚上,我们再次离开时,重新设置了我们的安全设备。第二天早上,我们到达时,设备再次被破坏。我受够了,我要叫停。不需要再设置诡雷,否则我们全都可能成为受害者。德军本来能够将我们全都炸死的,他们为什么没有这样做?我猜想,他们是不想失去这个观察点——我们认为属于我们的观察点。我觉得自己像白痴,我就是白痴。我们都要被逼疯了。

我向连长汇报了这件事。"我们需要在那座农舍里安排一个人,全天二十四小时守候。"

他却不那样认为。"继续坚持原来的做法。"

我有自己的想法。我们在这座农舍已经监视了五周,却只看到过一名德国士兵。他当时距离很远,在树林中,但眨眼工夫就从我们的视线中消失了。我们不在农舍的那些日子里,德军完全有机会监视我们。凭借双筒望远镜,他们可以肆无忌惮地观察他们想观察的一切。显然,他们比我们更有幽默感。如果他们想消灭我们,肯定有很多机会。

杀向德国的血路：许特根森林和突出部战役

1944年12月16日，下午1：00

我面前的地图充分说明了德军监视员的优异工作表现。上尉知道这事的前因后果吗？我想我是永远无法得知了。我们结束了谈话；我感谢他对我和我的部下表示的关心。我发现自己喜欢上了他，问题是如何看管上尉和军医。在德军对我们发动进攻的时候，我需要身边每一个人都能够参与抵御。我带着他走进谷仓，将他和军医锁在一个房间内。那名步兵继续看管。

无线电里仍然无人应答，于是我们决定暂时停止使用无线电。在厨房里，我透过窗户看到雾霭正在消散。我打开窗户，手持双筒望远镜，将视线掠过光秃秃的田野，一直看到地平线。雾已经基本上散尽。视野消失的地方，一定是在山脊北部半英里处。行走在地平线处的德军好像是落伍的士兵，我下意识地举起了斯利姆的M1来复枪。我再次看向德军，他们基本上排成一条纵队。我将来复枪的瞄准器向上推到极限。

没有必要留下发生偏差的可能性。我将来复枪架在窗台上，打开保险。尽管我是点四五口径科尔特枪与机关枪的特等射手，但我操控M1来复枪的技能稍逊一筹。在基础训练中，教官没有给我们展示这类枪械的最大射程。也许，它能够射到八百码远。现在，我就要知道了。瞄准器对准了行列中的第一名德军，我将枪瞄准他前面一点，以弥补差距。如果子弹可以射击那么远的话，他就会被击中。我开了枪，他倒下了。其他所有人迅速散开，离开了瞄准范围。我心想：这会让你们这些德国佬知道应该离我们远点。

斯利姆转过身。"你打中他了？"

"对，现在那些德国佬会离那座山脊远远的。"

"射击声已经停止，或许他们正在休息。"

我没有告诉他我看到的山谷中的情景。"或许吧。"我说完就向谷仓走去。

我的士兵已全部吃饱喝足，暂时的寂静令我感到不安。战斗部队需要绷紧神经,他们必须时刻保持警惕,而且要精力充沛。他们肯定会对我们发起进攻,只不过是时间问题。我坐在自己的角落里,电话和我的睡袋都在这里。我很庆幸我将电话线拉到了每一个散兵坑,如今,它开始发挥作用了。在卢森堡这里的生活,比在许特根森林里好很多。在那里,我们生活和战斗的地方仅限于我们的散兵坑周围。在泥坑中生活脏乱湿冷,死在里面就更加糟糕。在这里,生活环境干燥整洁,而且平静,至少在这一切开始之前是如此。我们全都可以脱下鞋子睡觉,这件事本身就已经让我们感到幸福不已。双脚长期处于潮湿寒冷的状态,会发展成为战壕足病,不止一个步兵有过这样痛苦的经历。战壕足病经常会导致脚趾,甚至整只脚被切除掉。袜子干燥和足部血液通畅可以预防战壕足病,保持双脚健康。然而,散兵坑里的生活不仅寒冷,而且潮湿。

在这里,我感到如此幸福,几乎会产生罪恶感。两周前,连长下达指令,要我到连部去。"你已经获得一周假期去巴黎休假,享受去吧。"他说,"这个假期是奖励给战地寿命最长的士兵的。"今天,我不知道德军是否明白:两天后,即12月18号,我将前往巴黎。

杀向德国的血路：许特根森林和突出部战役

1944年12月6日

我正在擦拭我那把科尔特枪时，突然听到一个声音说："你是这里的负责人吗？"我站起身，看到我面前站着一位活生生的真正的将军，心里十分惊讶。我心想：你到我的谷仓里来干什么呀？

"是的，将军。"

"你为什么不佩戴军衔？"

"我是上士，不是军官。"我回答。

"你们的排长在哪里？"

"他已经被交给军事法庭受审；副排长和一名二等兵被送进了医院；排头兵和另一名士兵被分配到边境附近的一个德军碉堡前面去了。"

"我是寇塔（Cota）将军，你们的师长。"他说。

我告诉他，驻守阵地的是一个班，原本应该是一个排。他没有进一步询问相关情况。寇塔将军是28师的指挥官，在许特根森林战役中，28师刚刚伤亡6500多人。虽然我也参加了那次战役，幸运的是我没在这6500人之列。28师被替换，然后转移到卢森堡的这个位置休整重组，补充兵力。我们需要大量替补人员。我们驻守在边境线上，各布防之间相隔五六英里，敌军可能穿越我们的防线，我们却没发现。这种情况很可怕。自九月中旬至十二月中旬，大约34000名美军或死或伤，或者被俘，还有一部分因为肺炎、战壕足病以及战斗疲劳症等撤离战场，德军的情况大抵相同。我的战友都已离去，我庆幸自己是为数不多的幸运儿之一。能够离开许特根森林是一种解脱。

我们两人走到外面，与其他几名高级军官相遇。他们站在两辆指挥车和几辆吉普车旁边。吉普车内坐着士兵和军官，看起来就像退役军人节的小型游行队伍。将军的车前部的挡泥板上插着两面小旗。我猜想，德国佬会乐于看到这样的情景，不知将军是否清楚自己与德军相距甚近，我决定不去提醒他。我们继续前

第一章 战 役

行,依次到达我最初在这片区域布置的机关枪位和迫击炮位,以及散兵坑。他表扬了我的布防,之后开始讲述战斗中的步枪手。他认为,这样的抗战应该由军士负责。

"战斗步兵的责任就是前进和射击敌人。如果他受伤倒下,就应该由另外一名顶替他的位置,始终保持前进,前仆后继,军士正是指挥并确保前进进程实现,并达到目标的那个人。"听着他的话,我心里在嘀咕:在所有这一切中,军官们究竟在哪儿呢?他说的最后一句话是:"步兵将会在这次战争中获胜。"

他讲完之后,他们所有人上车离开。我以前从没近距离看到过将军,但他也没有给我留下深刻的印象。也许,他已经明白我的意思,会加派兵力,我们的人员确实严重不足。我心想:如果德军决定越过这条河,会发生什么情况呢?

正如不久之后我们知道的那样,他们的确做出了那样的决定。

杀向德国的血路：许特根森林和突出部战役

1944年12月16日，下午3：00

外面过于安静，因此我决定四处走走，看看情况。我的副班长约翰和乔就在谷仓后面，他们两个都神色紧张，因为形势的确严峻。约翰和我绕着高达15英尺的巨型干草堆走了一圈。这里架设了迫击炮，我们之前决定将迫击炮架设在这个比较隐蔽的地方，这样我们遭到敌人攻击时，它们就可以避开敌人的火力线。

"这些是你们的所有炮弹吗？"

"我们还有十五发炮弹。"他告诉我。

"等德国佬决定回来时，它们会派上用场的，而且会需要更多。我们有应急口粮，身体状况良好；尽管对付德国佬的时候，这些口粮帮不上什么忙，但我们不会挨饿。我们用无线电和外界完全联系不上，斯利姆已经联系了一整天，我们只能守在这里，等到援军到来。他们会支持我们。"

约翰赞成我的安排。他知道我非常信任他，我和他都参加过许特根森林战役，从中积累了战斗经验。我们这组人中的其余九人全是没有实战经验的新兵。自从他到来之后，每一个人都表现良好。我对科洛内尔和雷德的反应尤其满意；他们天生就是当兵的料。他们值得信赖，而且十分服从命令。有些人会比其他人更自如地应对现实状况，有些人却拖拖拉拉。我要对他们负责，希望他们都能够身体健康，活着离开战场。如果有人牺牲，我会非常难过。以前，我从未有机会交过朋友，因为我还没来得及认识他们，他们就离开了。

我对约翰描述了我今天上午的发现。

"听起来，我们好像又被包围了，就像在许特根森林战役中一样。"他说，"也许，我们会像以前那样突出重围。"

我伸出双臂拥抱他们两个的时候，心中在想：我只剩下十个人了。我们必须相互依赖才能活着。我必须保持坚强的意志，只有这样，他们才能坚强地应对即将到来的形势。成千上万的德军就在那边；他们迟早会对我们发动进攻，我的人

第一章 战 役

将指望着我。

我身上某些东西发生了变化。我从内心深处开始喜欢当兵；战斗来临的时候，我会表现得更好。

科洛内尔和雷德在他们的机关枪位旁，意识完全清醒，而且十分警惕。"我看了看你今天早上看到的情景。他们还在穿越那片草野，就是不清楚他们什么时候会向这边进发。不过，我猜他们是想占据这个路口。"

"他们会那样做的。你们还剩下多少带机关枪子弹？"

"只有两带。谷仓里没有了吗？"

"没有了。"

"我带了我的M1，雷德带了布朗宁自动手枪。"

"我的布朗宁有八个子弹夹，来复枪有一个子弹带。"雷德说，"农舍里还有吗？"

"没有，这儿是休整区，忘记了？"

"只休整了一会儿。"雷德嘟囔着说，"不等这天过完，我们就得回去参加战斗。"

我提醒他："没人关心弹药，大家都只想休息，恢复体力，然后出发去别的某个地方战斗。"

"今早我们用了三带子弹，肯定击中了他们很多人。这会儿，他们肯定已经清除了伤亡人员。我的火力线一直保持在距离地面一英尺左右，以防他们匍匐前进。约翰的迫击炮都落在他们那边了。没有人靠近来找我们麻烦，但他们肯定接近了比尔。"

"对。他们过来的话，我们会察觉的。我要去检查另一挺机关枪。"我在越来越薄的雾霭中前行。雾散尽之后，事态就会开始升级。

在去检查第二挺机关枪的路上，我注意到雾变得更加淡薄，在微风中四处散开。空气中弥漫着清新的味道。"彼得，这会儿雾已经不能完全遮住我们了。你们两个最好待在散兵坑内，我不希望再有德国佬注意到我们。"

"无线电里有没有传来坦克支援的消息?"

"整整一天,一点动静都没有。不过,斯利姆还在努力联系。"

"我还有两带机关枪子弹,之前给了科洛内尔两带。我们还有一带M1需要的弹药。"我心中暗想,我们的弹药不足以展开一次战斗。

"我决定将比尔的尸体留给墓地登记部门(Grave Registration),希望我们不会再有人牺牲。"

"上帝保佑。我听说,你从八百码外击中了一名德国佬。"

"是啊,我没觉得有什么可骄傲的。不过,德国佬少了一个。我要去查看无线电那边的情况了。"我走向农舍时,心想:德国佬少了一个。我其实没必要打死他,他没有妨碍到我。打死他有什么区别吗?他死了,也不会令我们赢得这场战争。我夺取了一条生命。我开始为一个甚至不认识的人感到遗憾。我真的不喜欢杀戮,杀戮令我感到厌恶,这样的感觉已经不是第一次了。

第一章 战 役

1944年12月16日，下午4：00

天色开始逐渐变暗，很快就会黑下来。我想在白天和他们对抗，他们知道我们在这里，这令我感到讨厌。今天上午，我们一定打死了他们许多人，但是夜间战斗非常危险。我不知道明天我们是否还会全都在这里，两名俘虏还是关在农舍里比较好。谷仓里，那名步兵还在站岗。

"把俘虏带出来，我要带他们到农舍，你也过来。"

"好。"

当我们走过谷仓前的院地时，我听到了我方左侧的机关枪声。"妈的，肯定是他们来了。"来复枪的开火声从两个散兵坑的方向传来。我们迅速将两名德军带入农舍，将他们推进厨房旁边的后屋。当我看向窗外时，却什么都没有看到。开火声也已经停止。

"盯着那两个德国佬。"我告诉步兵。

我听到斯利姆正在厨房里通过无线电呼叫坦克支援。我看向窗外，天色越来越黑，两架机关枪都没有响声了。我心中纳闷：他们还活着吗？我的注意力被正在通过无线电呼叫的斯利姆吸引过去。接着，我听到了动静，是重型机动车的声音，肯定是坦克。

"我们的坦克来了。"我向斯利姆大声喊道，"它们到了。"我把目光移向窗外，看到了它。

斯利姆说："那不是我们的，看见一侧的十字了吗？"

见鬼，他说得对，坦克上面没有美军坦克的白星。这是一台怪兽般的机器，上面的大炮是我见过的最长的。它的确是一辆德军坦克，正停在架设机关枪的散兵坑上。我的两名机关枪手肯定已经牺牲了。它后面还有一辆坦克，停在我的左侧方向。正在那时，我听见农舍的前门被炸开了，听声音像是炮声。

我看过去，门已经不见了。如果那些混蛋从前门进来，我就死定了。我觉得他们会冲进前门。我正站在打开的窗前，我转过身，看向窗外，视线刚好落在领头的那辆坦克上。我呆在那里，无法移动双脚，眼睁睁地看着炮口缓慢转动，此刻径直对准了我。那个混蛋也在盯着我，他准备开炮打死我。我要被打死了。

我大声吼道："斯利姆，趴倒！"我们两个都趴到厨房远离窗户的那个角落里，埋下头，等候爆炸。*嘭*，接着，*轰*！我们听见了爆炸声。

"谷仓被击中了！"

"你看到了？"

"我猜的，该死的炮弹穿过窗户，飞过前厅，钻出门口，然后击中谷仓。"

"噢，他可真会打！"

"快，上楼！"我大喊道。我们两个压低身体，拖着来复枪，爬到了二楼，避开那辆坦克。我从二楼朝东的窗户看出去，可以看到通向德国的那条路。

"那个狗娘养的真的会发射。"

现在，天色已经全黑。我们右侧的机关枪正在开火，左侧那架没有反应，肯定是被那辆德军坦克干掉了。美军的30 mm口径机关枪子弹打在德军的豹式坦克上，像孩子的玩具枪射出的豆子一样被弹开。只有105 mm口径的榴弹炮能够阻止德军的豹式坦克。除了德军轻武器炮火的闪光外，我们看不见任何东西。这次，他们真来了，全都来了，就在我们前方。斯利姆握着他的来复枪，我端着我的卡宾枪，我们开始朝着闪光的方向开火。

斯利姆大声喊道："我的子弹用完了。"

"我的也快完了。"我说着射出最后三次连发。德军的子弹不断击中我们上方的屋顶。现在，我们看到了机关枪的曳光弹。曳光弹正穿过窗户，向我们飞来。"他们发现我们的位置了。妈的，快走！"我们扑到地上，滚下楼梯。我不知道其他任何一个人的位置。我的科尔特枪的子弹夹空空如也。我不记得用它开过火，但子弹夹已经空了。我左手握着那把德军的P38手枪，它的子弹夹是满的。我打开保险。

约翰从前门冲了进来。

第一章 战 役

"他们点燃了干草堆，想看见我们，我们必须出去。迫击炮弹全部用光了，我的两个人在谷仓。"

"好。"我告诉他，"你们就待在一楼的门廊里，我去把那两个德国佬弄进客厅里来。"

"我的来复枪只有一个子弹夹了。"

"把你的手榴弹给我几个。我们能不能拆掉几个机关枪子弹带？"

"已经拆了，我们啥也没有了。"约翰对我说。

我将两名德军俘虏推进客厅，带到前面的角落里，躲开火力线。我踢开前窗；窗门朝着院子的方向荡开。"约翰，他们如果冲进前门，你就用手榴弹。"

外面的响动已经停止，我没再听到枪响，他们肯定已经绕过雷德和科洛内尔，此刻已经包围农舍。另一侧的坦克已经停止开炮，因为他们知道德军的步兵在农舍的这一侧。这只是暂时停火。

在漆黑的农舍内，我只能依稀看到两名德军坐在地上的轮廓。除此之外，我看不见其他任何东西。约翰在门厅的拐角那边，离我八英尺左右，但在夜色中，我看不见他。打开的窗户在我前面大约五英尺处。我衣服的侧袋中插着手榴弹，上衣胸袋外还吊着一颗，我抬手将它拉下。那把装满子弹的德军手枪别在我的腰带上。我开始冒汗，紧张得几乎难以忍受。他们正在向我们逼近，我必须杀死他们，自己才能活下来。

他们在哪里？我害怕他们会听到我的呼吸声。我的心跳得咚咚响，但我没有办法让心跳声降低。我用鼻子极其缓慢地呼吸，尽可能保持安静。我想屏住呼吸，可是我做不到。两名德军俘虏静悄悄的。现在，农舍内外没有一丝声音。

接着，我听到了动静，是德军皮靴与外面碎石路相接触发出的微弱刮擦声；德国佬正沿着石墙旁路上的积水沟缓慢行进。他们向农舍前面靠近时，石墙成了他们的掩护，我看不到他们，即便在白天，石墙也可以挡住他们。他们正在偷偷逼近我们，但他们没有想到，我能听见他们的声音。

我蹲下来，从门洞探出身。约翰在我后面的门厅里，光线漆黑，我仍然看不见他，但我不能冒险和他说话。尽管我看不见墙的尽头，但我知道它的位置。卢森堡修建的碎石路，和我们在美国修建的碎石路相似，中间隆起，便于雨水流进路侧的排水沟。在家乡，我是一名不错的垒球投手。我拉住手榴弹的引信，然后抬手将手榴弹投向墙角附近的碎石路中央。手榴弹落到地面时，发出了声音。我听到它弹起来后，落进紧挨石墙的排水沟内；就像七月四号那天放鞭炮一样，我能够根据爆炸的声响判断我的准确程度。手榴弹在石墙边发出巨大的声响。成功了，他们尖叫起来，我投出第二颗手榴弹，更多的人尖叫起来，我又一次成功了。

我急匆匆地返回客厅，两名德军仍然蹲坐在地上。约翰用来复枪从门洞打了六枪。他的子弹已经用光。窗户就在我前面，距离仅有五英尺；我从窗户向外投出一颗手榴弹，但它没有爆炸。我听到了军靴的刮擦声，这次，德军就在窗下。他肯定是从门口旁边爬过来的，约翰没有看见他。如果我不能率先制住他，那我祈愿穿窗而入的是一个德国土豆捣碎器。我拉住引信，松开又一颗手榴弹的手柄，默数"一，二，"然后任由它脱手而去。

嘭！手榴弹就在窗下爆炸。可是，没有人声。这么近，我怎么可能失手？也许，他被炸死了。此刻，我看到了谷仓后干草堆燃烧的火光；它照亮了谷仓前的院子。在我看到的地方，没有德军的踪迹。我右手握着手榴弹，左手拉着引信，却不记得自己是何时将它从衣袋中拉出来的。

外面有德军在交谈。我不知道他们在哪里，但他们就在外面的某个地方。我松开手柄，这次数到"三"后，才扔出手榴弹。它击中窗台，弹回房间内。我纵身扑到两名德军俘虏的身上。

爆炸声在小房间里震耳欲聋。我以为我们全死了，但是没有，没有一个人被炸死。我检查自己身上，鼻子上被刮破一点，手腕上也有一处刮伤。我接着检查两名德军，他们也没事，我们都没有受伤。房间内弥漫着呛人的弹药味，但我们都活着。手榴弹肯定是被我踢到了桌下，桌子承受了爆炸的力量。踩在木屑上，我心中暗自祈祷，感谢上帝保佑，我们都还活着。我们三个，两个德国人加上一个美国人，是三个活生生的人。我们中的两名士兵受训相互残杀，一名军医受训

第一章 战役

在我们相互残杀时，维持我们的生命；然而，在这里，我们相互帮助，共求生存。我在保护农舍内的德军的同时，却打算杀死农舍外的德军，这样做有意义吗？手榴弹已经用完，我什么都没有了。

我听到德军在用英语对我们喊话，要我们放下武器，举起双手出去。德军已经用灯照亮了谷仓前的院子，看起来就像一座夜间棒球场。原本驻守在散兵坑和谷仓里的步兵们已经在院子里了。既然双方的战火都已经停息，我便返回厨房，丢掉那把德军的手枪。美军中有一个人人皆知的传言：被俘虏时不要带着德军的武器，否则就会被当场击毙。手枪被抛出后窗时，我默默地向它说再见。

这把德军的手枪比我自己佩戴的45 mm口径科尔特枪更好。我从枪套中拔出科尔特枪，放到桌子上，枪里面没有子弹。现在，我赤手空拳。我没有任何弹药，我们所有的人都已经没有弹药。我们早晨六点半开始向德军开火，现在是晚上七点钟。迫击炮弹箱、机关枪的弹药带、布朗宁自动手枪、M1来复枪和卡宾枪的子弹夹全都空空如也。维持战斗的手榴弹已全部用光。一些德国佬已经丧命，或者即将丧命。最让人难过的是比尔的牺牲。战事已经无望，此刻的我们求助无门，我感觉已经崩溃。上帝啊，来帮帮我吧，我已经尽力了。

我站在厨房中，心中暗想：在电影里，好人总会在最后一刻得到拯救。我们今天下午听到了坦克声，还以为是美军听到我们的无线电呼救声派来的。我们呼救了整整一天，却没有人回应。相反，我们看到的坦克却是敌人的，我无法相信这就是结局。我不想走出那扇门，一定还有什么我能够做的，只是我还没有想到。即使我们能够杀掉站在外面的所有德军，他们后面也还有更多的德军，我们手中已经没有任何武器可以用来消灭他们。我仍旧没有从这团乱麻中整理出头绪来。

我不情愿地穿过农舍，走出前门，明亮的光线直晃眼睛。我是最后一个出来的，一名德国士兵持枪指着我。我们的人站在农舍前，我走了过去。每一个人都在那儿，没人受伤或者牺牲。我们十一个人身着美军制服，笔直地站成一条线，面向一名德国军官。在他身后是他的参谋官和一些浑身脏乱的士兵，正持枪指向我们；再往后，我猜想，应该是德军的大部队。妈的！

现在我才意识到我面前站着的是何许人，他就像从电影中走出的一样。然而，这不是电影。他身着一件长长的黑色皮外套，衣领毛茸茸的，肩垫上金红两色相间，鼻梁上架着一副单片眼镜，手中握着指挥棒；他的制服和锃亮的靴子一尘不染。他气势压人，吓得我直打寒颤。

德军士兵上前搜查我的全身，当他从我的军靴里拔出刀子时，发出一声咒骂。站在我身侧的斯利姆用德语对他说了几句话，然后转向我说："我告诉他你是负责的军士。你救了他们上尉的命，给他包扎伤口，还给他吃的。"

将军转过身，大声吼骂站在他身后的军官们。站在我旁边的步兵说："那个将军正在指责他们，说只有十一个美国士兵驻守这个路口，他们竟然用了一整天才攻下。我们本该今天一大早就被消灭的。他想知道，美国人为什么没有伤亡。他还命令他们清点躺在这儿的伤亡德军。"

一切来得太快，我一时还没反应过来。我们全部僵直地站在那里，睁大眼睛，盯着那些冲锋枪，不敢眨动。我心中涌起一个想法，令我增加了一丝勇气。这些混蛋现在快要把我吓破胆了，我对此极为不爽。但如果我们还有弹药，我们本来可以灭掉更多敌军。我心想，也许今天早上我们从后门逃走才是聪明之举。可事实上，雾霭浓厚，我们根本不可能去任何地方，这令人沮丧，我害怕了。但愿这些家伙还没下定决心枪毙我们。

现在，我看到了德军上尉——我俘虏的那名上尉。他正一边和将军说着什么，一边指向我。他的制服上残留着血迹，手臂仍然挎在吊腕带中。我希望他还记得，那颗手榴弹爆炸时我是如何保护他的。那些丑陋的德军仍然手持冲锋枪站在那里，没有人命令他们离开。突然，我脑中闪过一个念头：他们打算用冲锋枪处死我们。他们不能这样做，不能在我们刚刚经历了这一切之后这样做。

他们没有这样做。

那位将军转身走开后，另一名军官使用英语对我们说："你们要排成一列纵队，跟着德国守卫走。不能交谈，不能发出任何声音，到达目的地后，我们会清点你们的人数。如果有人失踪，你们全部会被立刻枪毙。"

第一章 战 役

我们相信他会说到做到。他接着说："德军今天已经深入美军阵线三十英里，俘获几千名美军。"

我们不相信这个消息，但无人张口否认。我开始好奇我的部下中有多少人会说德语，能听懂德语；有多少人出生在德国。这些念头令人有些恐惧。不过，我们是谁？他们又是谁？我们得到允许，可以穿着身上的衣服，戴着头盔，背上水壶离开农舍，这个结果胜于被处死。这天的战斗就这样结束，后来被称为"突出部战役"第一天。

步兵上校H. E. 富勒（Fuller）1944年12月16—18日的行动报告：

2100多名德军被埋葬在28师110团所在地，从海讷沙衣德（Heinerscheid）[北]到赖斯多夫（Reisdorf）[南]，绵延10.5英里。

国防军130装甲教导师大举进攻我们。

听到呼救载着弹药前来支援我们的美军坦克被德军先头部队阻隔在我们后面的红球公路（Red Ball Highway）那边。

电话线被敌人切断，进攻前的无线电联系被中断。

陆军110团牺牲2750人，损失48辆坦克和8门大炮。

下午，德军的坦克从新建的木桥通过乌日河，攻取我们驻守的路口。

第二装甲师、116装甲师以及装甲教导师的三天延误拯救了巴斯通尼。

第二章　姓名，军衔与序列号

1944年12月16日，晚上8：00

夜色和我的衣袋里面一样黑，我只能看到我前面的人与近距离经过的德国士兵。我们全都陷入了沉思。我可以确定，德军也是如此。我的胃空空的，我最后一次吃东西是在今天早上七点钟。我没有感到饥饿，也没有觉得口渴，但内心却非常焦虑。德军可能会把我们押送回这里，然后枪杀我们。我确切地知道，德军将28师的徽章称为"血桶"，因为它以枪杀德国战俘而闻名。我不知道这些德军对此是否有所耳闻。

第二章　姓名，军衔与序列号

> 1944年10月中旬，许特根森林战役

我们正穿过森林，直奔前线。之前，有四名步兵从我们身边经过，押送几名被俘的德军返回后方。

我身旁的老兵刚才说："他们用不了多久就会回来的。"

我没听懂他什么意思。大约二十分钟后，刚才那四名步兵赶上了我们，行进的方向与我们相同。这次，他们没有带着德军。我旁边的那个人对其中一个士兵说："用的时间不长嘛。"

"不长。"

我问同伴："总部到这儿不是有一英里远吗？"

"对啊。"

我们排成一个纵队在路上行进。我们经过农舍时，我想起了在那儿吃过的鸡肉饭。从囚犯中招募来的一个士兵身材魁梧，蓄着络腮胡。据说，他虽然只是一名二等兵，休假回芝加哥的家里时，却要穿成上校的样子。参军之前，他是一名索具装配员，常常在摩天大厦上工作，收入很高。休假期间的一个晚上，他身着上校制服和家人认真观看歌剧时，宪兵队要求他出示证件。没多久，他就脱下了上校制服，进了监狱。自然，我们都称他"科洛内尔"（上校）。

杀向德国的血路：许特根森林和突出部战役

1944年11月18日，卢森堡

我们第一次到达这座农场时，科洛内尔在谷仓里发现了鸡，他还找到了玉米、水和一个鸡笼。于是，美味生活从此开始。每次到农舍，科洛内尔就会做饭，我们就会吃到炖鸡和炖土豆。按照步兵平时的食物配给，我们根本就没法吃太饱，因此这些鸡肉对我们来说就是豪华大餐。农场的活动平静地持续了一段时间，有一天，我们来了访客，平静的生活随即被打破。

一辆吉普车拐进谷仓前的院子。我命令两位手下原地不动，我独自出去迎接新来的人。车上坐着两名士兵、一位少校以及一名上尉。他们全都穿着整洁漂亮的制服。我站在吉普车前方，抬手示意他们停车。我穿着陆军杂役上衣，上面没有任何表明军阶的条纹和徽章。

"这里是禁区。"我说。

少校在吉普车上站起身。"我们出来，是想找些鸡带回团部，我是团部的军需官。"

"这里是禁区。"我将刚才的话重说了一遍，然后掏出我的科尔特枪。

"告诉我你的姓名、军衔和序列号。"

"这是战区，我们不会透漏任何信息。"

"我是少校，我们要进来。"

"你如果下车，我就射穿所有的车胎，你们就只能步行回团部了。我技术不好，可能打不中轮胎，打中你们哪个人。"我一边说着一边扳起击铁。

我的话应该会吓退这些偷鸡贼。

简直太棒了。通常情况下，军需官应该没有经历过战斗，很可能从来没有面对过枪口。我觉得自己的行为是为了每一位陆军士兵。这感觉很好，就像在汤姆斯通（Tombstone）。我的话说完后，吉普车掉头离去。少校大吼道："我要把你的行为报告给团长。"

第二章 姓名,军衔与序列号

我转身返回农舍时,看到手下两位曾是囚犯的士兵手持来复枪,站在门口准备支援我。我不知道他们是否真会开枪。他们脸上浮起了笑意,我成了他们心中的英雄。他们本以为我和他们一样,也是个坏蛋,也许,我的确是个坏蛋。我感觉很棒。我们三个人更加理解彼此了。

"鸡肉做好了。"

杀向德国的血路：许特根森林和突出部战役

1944年11月23日

我第一次看见他们三个，是在一连总部一连军士长把他们转交给我的那天。他说："他们是给你补充的兵员，还有一些在路上。其中两个来自地方监狱，一个来自陆军监狱。"

乘坐吉普车返回驻地长达六英里的路上，我一言不发。到达后，我要他们跟在我后面进入谷仓。

我喜欢这个谷仓，宽敞整洁，房间又多，而且安静。虽然我以前从未在谷仓里居住过，但它就是我的家，我的办公室。武器，食物，人力——所有的一切全都井然有序，各就各位。排长是一位上士，居住在农舍的卧室里。副排长和排头兵都是技术军士，也住在那里。他们三个的军衔都比我的高，我又是刚刚到，因此我选择了僻静的谷仓，我班里的人就睡在这里。我想，一旦有事请发生，我就在我手下的旁边。如果德军向这边发射炮弹，很可能会先以农舍为目标，谷仓应该更安全，我的副班长也在附近。我做梦也没有想到，农舍中的三个人会消失，而我居然会成为这里军阶最高的士兵。

谷仓里没有其他人，适合我达成自己的目的。我看着三个曾经是囚犯的新士兵，然后告诉他们，我之所以当上班长，仅仅是因为在许特根森林战役中，我们班里的十二个人有十一个人或者牺牲，或者受伤，或者被俘。

我对他们说："我们班上有三个人曾经对一名德国士兵许诺，如果他告诉我们如何突破德军防线，回到我们自己的防线，他就可以去美国的战俘营。他告诉了我们。我是班长，如果你们任何人给我惹麻烦，或者不遵守命令，我不会问原因，只会直接从背后打死你们。"

他们都成为了优秀的士兵，值得信赖，想到不久就要离开他们，我有些遗憾。

第二章 姓名,军衔与序列号

1944年12月16日,晚上9:00

我们经过农舍,静悄悄地走在路上,温度越来越低。我带着武器在这条路上走过许多次,从未想到自己最后一次走在这条路上,竟然是以战俘的身份。我现在竟然还希望会有人给鸡喂食。

现在,我们正经过德军的大部队。到处都是步兵、坦克、装甲运输车、半履带车、指挥车、小汽车、反坦克运输车、88mm大炮,以及骑着自行车和摩托车的士兵。大约一半的车辆由马拉着;他们好像缺乏汽油。我个人对这些武器中的绝大部分都非常熟悉,至少我知道处在那样的火力接收端的感觉。德军拥有有效的武器,有些比我们的高级。偶尔会有士兵说:"苏联人。"他们也许认为自己在苏联。显然,德军的袭击非常秘密。我想起那个德军上尉佩戴着斯大林格勒战役奖章。或许,这些部队来自苏联前线,但我不会去问他们的。

一些士兵的制服上佩戴着包含红绿蓝三色镜片的方形闪光信号灯。他们肯定是利用这些东西在漆黑的夜晚悄声联系的。我在许特根森林中看到过一些奇怪的灯光,肯定就是这些东西发出来的——看起来的确有些诡异。我不知道我们美军为什么不使用这种信号灯,它对德军的确起到了作用。

杀向德国的血路：许特根森林和突出部战役

1944年10月初，许特根森林

我刚来到一个战区一天一夜，这里就是许特根森林。我们前天就来到前线，替换第九师。每一个步枪手都被分派了一个散兵坑，这些散兵坑都是被我们替换下来的士兵留下来的。我们曾经学过，面对敌人的时候，要将手榴弹和来复枪的弹药夹放在散兵坑上面。在我看来，我们受训的目的似乎就是杀戮。

夜间，我们遭到了对面树林中德军的炮火袭击。他们非常卑鄙，习惯偷偷摸摸潜入我们的散兵坑之间。我可以看到远处的小灯，那些小灯正在四处移动，如同幽灵。

接着，开始有了动静，听声音像是在冲锋。我从来没有参加过冲锋，以前也没有受到过枪击。我站起身，将手中的来复枪以最快的速度开火。我看不到德军，也看不到相关的其他任何东西，夜色太黑了。我心中有些恐惧，手中不停地开火。德军的炮火来自前方和两侧。他们是如何做到的？我们拥有一个优势：M1来复枪是半自动的，只要能够扣动板机，就可以开火；而德军的来复枪是闩锁式的，速度慢得多。

但德国士兵的确有一种我们没有的危险武器：全自动冲锋枪。这种武器开火时声音尖锐，最好远远避开。我没有听到来自右侧散兵坑的任何动静，分派在那里的士兵肯定藏在里面了，我心中暗骂他是个胆小鬼。但他肯定和我一样害怕。可能会有一定数量的德军悄悄来到他的散兵坑旁，同时袭击我们两个。

那天晚上不可能有任何机会睡觉。我心想：我可以睡一会儿吗？周围死一般寂静；炮火声已经停止。我突然意识到，自己究竟为什么仍然站着，这样会被打死的。没有人可以交谈，我再次孤身一人。敌军在我对面的树林中，与我相距大约一百码，我怀疑距离他们这么近，自己是否能睡着，我厌倦了恐惧的感觉。我感到越来越冷；双脚仍然很冷，袜子已经湿透，鼻涕不断流出。糟糕透顶。

早晨就这样糊里糊涂地终于来临。旁边的散兵坑里，一位军医给驻守在那儿

第二章 姓名,军衔与序列号

的步兵包扎了手,然后将他带走了。他射掉了自己的拇指,这样就可以住院了。他知道自己造成的伤口意味着要受到军事法庭的审判和不光彩的退伍吗?他走了,没有人来填补那个散兵坑。多么恶劣的开端啊!

我在散兵坑里发现一架点五〇口径的机关枪和弹药带。这是我们的战斗机和坦克使用过的枪支,之后,我将它们放在了我的散兵坑顶部。我还找到了一箱弹药带。无论夜晚发生任何事情,我都已经做好了夜间战斗的准备。与我佩戴的 0.30 mm 口径来复枪相比,这架 50 mm 口径的机关枪更有震慑力。

我非常紧张,紧紧盯着前方墨色般的黑暗的感觉有些怪异。我的手指放在鼻翼,但我却看不到它,我不知道夜色会这么黑。过了一会儿,我逐渐看到一些事物,但它们很可能并不存在。我记起小时候看过的一部电影,名叫《迷失的巡逻队》(The Lost Patrol)。在影片中,来自法国的海外退伍军人占据着阿拉伯人在沙漠中的一片绿洲。夜晚来临,阿拉伯人借着月色将这些退伍军人逐个击中。维克多·麦克拉格伦(Victor McLaglen)是仅存的一名士兵,在他们捉住他之前,他已经完全发疯,他被逼疯的原因就是因为看不到想杀害他的人。我也看不到想杀害我的人。

的确,维克多承受的压力太大。有了这把"点五〇"口径的机关枪,我的孤独感没那么强烈了,这个宝贝能够摧毁一棵大树。果真,大概在午夜的时候,小灯出现了。没有人告诉我,该做什么,不该做什么。我以前从未用过这种类型的武器,但我可以想象它会产生巨大的声音。它的确发出了巨大的噪音。我按照受训时学习射击 30 mm 口径机关枪那样,连续短射,砰砰砰地快速射击。我渐渐感觉不那么害怕了。

我感觉到有只手碰到了我的肩膀,立刻跃出散兵坑。是班长。他想知道我在向什么开枪。

"那些灯。"

"你从哪儿弄到这个家伙的?"

"就是这儿,我厌倦了总被人瞄准射击。"

杀向德国的血路：许特根森林和突出部战役

"你可能什么都没射中，不过肯定把他们吓坏了。夜间，我们不能开火，除非对方向我们射击；如果我们开火，敌人就会知道我们的位置。"

"如果他们昨晚知道我们的位置，今晚肯定也知道。"

"暂时隐藏。"说完，他就消失在漆黑的夜色中。

我从来没有听过发出那么大声音的武器，但我确实喜欢上这把50 mm口径的机关枪了。小灯没有再次出现，我也不再恐惧。

第二章　姓名,军衔与序列号

1944年12月16日，晚上10:00

我们走在路上，可能正在靠近那座桥。我们英明的领导本可以命令工程师炸掉它的，但它此刻还在。现在，我们明白原因了。

杀向德国的血路：许特根森林和突出部战役

1944年11月13日

我的思绪回到了德军的那个掩体，以及两个还在那里的我们的人。它一定就在这条路左侧的某个位置。对很多人来说，这是糟糕的一天。

中尉向我下达了命令："军士，你带领一半人到外面巡逻；你的副班长和其余的人留守。"

我们一行人来到院里，排长命令我们去俘虏几名德军。有一种命令是步兵最不想听到的，而我刚刚听到的就是这种命令。我们很少会出其不意地去俘虏敌军的哨兵；在俘虏敌军的时候，自己人完好无损的情况也很少，影片中所有的豪言壮语都是说给影迷们听的。如果我们发现了敌人，敌人也看到了我们，场面绝不会那样漂亮。白天更是如此，当然，电影里的白天肯定还是艳阳天。这次任务也不会例外。

我们排成巡逻队形出发了。两名侦察兵远远走在前面。他们肩上挎着M1来复枪、弹药带以及手榴弹。他们的任务是为巡逻队开路，除去麻烦。通常情况下，这个任务会落到优秀的二等兵身上，这些人会赢得他人的尊敬，他们也的确有这样的资格。他们知道我们的目的地，会找到让我们到达那里的最佳途径。他们是我们的眼睛和耳朵，一旦接触到了敌军或者抵达目标时，他们会向负责人发出信号。他们令我想起了曾经看过的有关丹尼尔·布恩（Daniel Boone）的书籍，想起了他在荒野中前进的过程。

有时，侦察兵的样子就像丹尼尔·布恩，他们通常会将敌军的火力吸引过去。这是一项危险的任务。侦察兵非常珍贵，技术娴熟的侦察兵更是无价之宝，任务的成败很大程度上取决于他们的技术和判断。我们失去了许多侦察兵。

在侦察兵之后，是携带着M1来复枪、弹药带以及手榴弹的排头兵。有时，他会跟在后面。他相当于副排长；他们密切合作。排头兵是参谋人员或者技术军士，是逐级升上来的。如果有他在旁边一段时间，就等于有了保护神。

第二章 姓名,军衔与序列号

接下来是排长,军衔是中尉或者少尉,取决于他的军龄。他携带的武器包括卡宾枪,45 mm口径的科尔特枪以及手榴弹。排长的职责是发出命令,军士则要确保命令得以执行。排长和副排长的职责密切相连。副排长才是真正的核心,通常是由拥有丰富的战斗经验和常见的实际知识的人担任,他会竭尽全力为排长排除麻烦,也是为了让我们自己避开麻烦。我们学会了信赖副排长。陆军的副排长属于技术军士,非常受人尊敬,作用重大。他携带着一把M1来复枪、弹药带和手榴弹。他是我们的主心骨;没有他,别离开自己的驻地。

原因非常简单:副排长是一级一级升上来的。等到他赢得五杠时,已经积累了战斗经验,并且在排里待了一段时间。他当过班长,熟知相关职责;他也当过步枪手,熟悉各种危险。单凭他仍旧活着的事实,就可以说明一切。

另一方面,陆军的候补排长通常都是新兵,要么毫无战斗经验,要么战斗经验极少。他们并不真正了解如何存活,却要带领四十个士兵。如果排长是新人,往往会伤亡,然后登上伤亡名单。如果他能够活着,就会被提升为营长。无论哪种情况,排长这个位置对新人来说,都是一个转折巨大的职位。

作为班长,我是队伍中的下一个人。班长往往由上士担任,配备的武器包括一把M1来复枪、弹药带、手榴弹以及一把刀。在二战中的这个时期,不太可能像今天陆军的班长一样,从军校一毕业就有上士的级别。班长指挥领导十一个士兵,必须拥有战斗经验,而且是因为正常的人员耗损逐级提拔到这个位置。今天,我们已经没有副班长这个职位。战斗步兵师由基层有实干能力的班长组成。

无线电操作员是一名二等兵,他靠近排长,携带的武器是45 mm口径科尔特枪,但他自然希望自己不会有机会用上它。

优秀的二等兵或者下士配备的武器是布朗宁自动手枪,相当笨重,开火时会产生巨大的声音,它射出的子弹是点三〇口径的,与轻型机关枪的相似。它开火时产生的声音,经常会吸引敌人的火力。由于这个原因,一些士兵不愿意携带布朗宁手枪,但它的火力在战斗班却最受欢迎。敌人听到那样的枪声,就可以完全断定是哪种武器,而且可以准确地判断出它所在的方位,这点本身是危险的。运

杀向德国的血路：许特根森林和突出部战役

弹手是一名二等兵，为布朗宁枪手掌管鼓囊囊的弹药夹。他也佩戴着一把45 mm口径的科尔特枪，或者M1来复枪，一旦布朗宁枪手倒下，他就会顶上去，这种情况经常发生。

再后面是排长指定的几个步枪手。这些步枪手都是二等兵。他们背着M1来复枪、弹药带和手榴弹。

我们这个巡逻队由十一个人组成，沿着通向克莱沃的那条碎石路向北进发，然后改向东方，前往边境。有人真的知道前面等着我们的是什么吗？我不这样认为，我们出来是自找麻烦。不久，我们进入一处路基，大约五英尺深，非常适合作为掩护。两名侦察兵在我们前面的某个地方，我看不见他们。不过，我不是负责人。我们每侧各有一名步枪手，而且我们自己正在散开。一切似乎都在按照书本上学到的进行。到目前为止，情况良好。

根据经验，我知道我们遭遇到敌人的时候，要将他们全部击中，然后俘虏那些仍旧活着的士兵。如果敌人束手待毙，行动自然非常简单；如果不是，行动自然以血腥的场面结束。

我们停下来休息。负责人研究地图之后，检查了指南针。接着，他将侧卫拉进来问话。他和两位副排长从掩体上方看去，什么都没有。侧卫出去了，我们又出发。没有人通知过侦察兵我们要停下。他们也许在我们前面很远的地方，或许太远了。

负责人派遣排头兵去寻找侦察兵，我们继续前进。正在那时，一个侦察兵大喊一声："碉堡！"一架德军机关枪突然开火，击倒了排头兵和一名侦察兵。侦察兵大喊着说他被击中了。排头兵没有反应：他死了。他们两个都进了雷区，插在地面的标牌上画着地雷的标记，解释了德语"Minen"的意思。我左边的侧卫尖叫一声；他也被击中了。

我们剩余的人都在路基中。我的神经立刻紧张起来，大声喊叫，让跟在我旁边最近的那个人和我一起去救回受伤的侧卫。我们爬出掩体，发现侧卫的整条左腿血淋淋的，正大声喊着妈妈。他受了重伤，那架机关枪还在扫射。机关枪是一

第二章 姓名，军衔与序列号

种非常危险的武器，能够在瞬间消灭一群士兵。在你刚听到那种可怕的声音时，要么已经被击中，要么马上会被击中。机关枪是一种毁灭性的武器，效用很高。有时，德军用它来进行大屠杀。

我们匍匐在地上，吃力地拉着侧卫沉重的身体，穿过雷区，跳进路基，离开了德军机关枪手的扫射范围。我满脸大汗，双手沾满了血，呼吸粗重。我们一直匍匐前进，肯定刚刚在他的射程之下。

一名步兵割开了伤者的裤子，他的左腿看上去就像是一些肉和皮肤拼凑而成的。有人给他注射了一针吗啡，并将磺胺粉撒满他的整条腿。他的血散发出令人作呕的腥味，与被爆开的人肉的焦臭味混合在一起。我腹中的食物全都拥到了喉咙眼儿，我吐了之后，继续前进。我是一名军人，面对的情形从来不会比现在更好；都差不多，就像肉店里出来的东西。不知道我自己什么时候也会变成这个样子，甚至更糟糕。

排长大声命令我们马上离开。听到命令，我们三个人抬着伤员，跑着离开机关枪的射程。我抬着他的肩膀和头，另一个人托着他的屁股和右腿，第三个人抬着他的左腿。伤腿看上去仿佛已经不属于这个身体。我们回到了碎石路上，我们等着，等着载着军医的吉普车到达之后，运走伤员。我们的想法全都一样：我自己受伤的时候，希望我们手里有一台无线电和一辆吉普车。

我们径直返回谷仓，每个人都清楚，那里还有两名步兵。

我们都没有开枪，排长只顾着奔跑。他也许错了，那两个步兵中，也许还有一个活着。我们回到自己的大本营后，立刻散开。我走进厨房取水，听到可怕的大叫声，我看向客厅，发现我们的副排长莫斯（Mose）正在桌子下面大喊大叫。我问他是否需要帮忙，他大喊着说，再也不出去了。

我将正在和连部通电话的排长叫来。片刻之后，三名军医将副排长拉入吉普车。他们驱车离开时，他仍然在大吼大叫。此后，我再也没有看到过他，可怜的家伙。他已经完成了自己的任务，现在的状况却非常糟糕。我本来认为，有人应该有机会好好向他道谢的。我确定，他已经在回家的路上了。家才是他的归属

49

杀向德国的血路：许特根森林和突出部战役

地，而不是这里的疯人院。

第二天，吉普车回来了。这次，我们的排长离开了。他也没有回来。于是，我就成了负责人。

德军的碉堡宽二十五英尺，深四十五英尺，高二十英尺，由钢筋混凝土建成，三到八英尺厚。碉堡的一半在地下，各个碉堡的位置也颇有讲究，可以便于它们的火力保护临近的碉堡。它只有一个入口——后门，用重型钢板制成。这些防御工事构成了著名的齐格弗莱德战线。希特勒宣称它们是坚不可摧的。驻守这些碉堡的德国士兵配备的武器是37 mm的反坦克炮、机关枪、来复枪以及手榴弹。这些碉堡无法从前面攻破，只能将炸药绑在一支长杆上，炸开后门。我们称这样的进攻行动为长杆冲锋。这是一项极其危险的任务。炸药威力巨大；顺利到达后门并返回，是最困难的部分。

连长打电话召我到连部去。他告诉我，我要接收几个补充兵员，但补充之后，我们仍然达不到满员。我们的人力图表明，我们本来应该拥有一个满员的步兵排，其中包括三个班和一个重武器班，但我们只有一个班。他说，他对我将曾经的囚犯训练成士兵的方式感到满意。我没有解释我的训练方法。他说，他已经晋升我为上士，那样，等到我们恢复满员的时候，我就可以成为副排长。

而且，连里已经安排我从12月18日起在巴黎休假一周。我在连里的参战时间最长。我和军需官说过话，他和我是老乡，来自宾夕法尼亚州的格林斯堡（Greensburg）。连长还说，我们的中尉排长在毫发无损的情况下擅自离开战场，已经受到了军事法庭的审判。我向他打听中尉的去向，他告诉我，中尉的境况可能比较困窘，这算是一种惩罚。我现在连他的姓名都记不起来了。

第二章　姓名,军衔与序列号

1944年12月16日，晚上11：00

嗯，这就是我从树林那边的山丘上看到的桥。我站在乌日河斜上方的小山丘上，看着德国佬搭起了它。没有人愿意听取有关这座桥的情况。当我走过这座桥的时候，感觉有些奇怪：今天早上有多少德军在这里朝着另一个方向行进？他们走向厄运的时候脑中在想些什么？他们和我一样，都是军人。我们都不曾想到，他们即将开始二战期间三大战役中的一次大战。与即将发生的大战可以相提并论的，只有阿拉曼战役（El Alamein）和斯大林格勒战役。

过河之后，我们就身处德国了。历史上，曾有军队一次又一次地跨越这里的边界。卢森堡就是这样一个小国，它再一次被卷进了这场战争。

即使没有交流，我们也都知道自己没有机会逃脱。德国的士兵似乎无穷无尽，这次肯定是一场针对盟国的大进攻。

我们现在停下来休息，我的手表上显示的时间是凌晨两点。我们没有相互交谈，每个人心中都是思绪万千，充满恐惧。战俘集中营应该会比战场好些，等到战争结束的时候，我们应该还好好地活着。从目前的情形来看，战争距离结束还有很长一段时间。有人通知我们在不远处的一座谷仓里过夜，谷仓是个好地方。我们疲惫不堪，作为失败者，心情也非常沮丧。这一天，真是难熬。

我不知道德国人是否会埋葬比尔，他是我们中间唯一的牺牲者。我希望他们能够那样做。当我发现他已经牺牲的时候，悲痛欲绝。他和我在勒芒的兵员补充中心曾经共住一个帐篷。

杀向德国的血路：许特根森林和突出部战役

> 1944年9月，法国勒芒

他是一个不错的年轻人，有妻子，还有一个刚出生的孩子。我们两个被安排到一个双人帐篷里同住。我们身处法国的勒芒地区。这里是前去参战的步兵补充人员的集合点。成千上万的士兵都是从美国乘船刚刚到达的。九月，我们从英格兰的普利茅斯（Plymouth）出发，穿过英吉利海峡，在奥马哈海滩（Omaba Beach）登陆。我们都清楚未来命运多舛，因为我们要去替换那些没有功成身退的人。安然无恙回来的比例只有百分之一，步兵伤亡的可能性非常高。

我们学会了饮用卡法多斯，它是从苹果中提取并通过大麻纤维过滤而成的酒精饮料，是穷人的白兰地。我们用肥皂同农民交换卡法多斯，不过，在听说有些步兵因为饮用这种白兰地失明并丧命之后，我就不再喝它了。我和同住的伙伴因为什么事情发生了分歧，于是我说要拧掉他的脑袋。他问我是否是拳击手，我的答案是否定的。他告诉我，他曾经参加过几次职业拳击比赛，根本没有对手。接着，他向我展示了几个拳击动作。我彻底信服，感谢他没有把我的脸打开花。我们两个哈哈大笑，随即又因想到不知道要被派遣到哪里而黯然神伤。到目前为止，我们只知道自己是步兵补充人员。我不禁想到，帕皮伦（Papillon）被发配到魔岛（Devil's Island）的时候，是否有同样的感觉。

我们被分配到一个来复枪战斗连。自那次之后，直到德军在卢森堡发动攻击的前一天，我才再次见到他。他刚刚出院，就作为替补人员加入了我所在的班。他是因为肺炎而住院的。看到他，我相当激动，我觉得自己完全可以信任他，他会在这个班里起到重要作用。这对我来说意义重大。

可是现在，他却死了。我非常痛苦，但却无法排解。除了父母之外，我孤身一人，没有牵挂，但他却有妻子和孩子。为什么死去的是他，不是我？这一切有意义吗？我开始怀疑我们是否理解这一切。

第二章 姓名,军衔与序列号

1944年12月17日,凌晨2:00

我在干草堆里找了一个地方躺下来睡觉。这些德国人不会来枪杀我,至少今晚不会。我太累了,其他的都顾不上了。

杀向德国的血路：许特根森林和突出部战役

1944年12月17日，上午7：30

　　天色破晓的时候，我们在农舍里吃着冷硬的香肠和黑面包。我们喝的是苦咖啡，但至少是温热的。面包不但看上去黑乎乎的，味道也同样糟糕，酸溜溜的。有些步兵在衣袋里塞满了面包，但我没有那样做。我当时没有意识到自己犯下了多么大的错误。马上就要发动大规模的进攻了，德国人还要派遣些士兵来看管我们，这令我很不解。很快，我就找到了答案。我旁边的步兵告诉我说，我们没有死掉，而是成了俘虏，真是太幸运了。他所属的排失去阵地之后，只剩下几个士兵成了俘虏。在前往边境的路上，他们经过了K连驻守的位置。K连也驻守在那条通往德国的路上，就在我们南边。K连只剩下了排列在路上的尸体。也许是德军逼迫他们列队，然后枪杀了他们——德军没有时间押送俘虏。当时，我们还不知道发生了惊世骇俗的马尔麦迪大屠杀（Malmedy Massacre）。在那次大屠杀中，德军处死许多美军俘虏，并将他们抛尸雪中。

　　我们列队的时候，那名德军上尉肯定和他们的将军说了我的事情，这多半就是我们幸免于难的原因。我希望上尉能够在这场战争中安全地活下来，他必须拼尽全力，才能坚持到战后。所有这一切全都是浪费，这些年轻人不是残疾，就是丧命，还有的心理受到创伤。我们是在浪费青春。

　　我们中的三个人被带进了隔壁的房间，我却被带过拐角，然后被告知在一个德国士官前面坐下。他坐在一张桌子前，手中握着我的钱包。当他操着一口布鲁克林口音的英语对我讲话时，我惊讶地长大了嘴巴。他要我说出自己所在的团和连，以及我拥有的反坦克炮数量。我讲了我的姓名、级别以及序列号。当他要我说出更多的信息，我还是只说了我的姓名、级别以及序列号，之后告诉他别指望从我这里得到更多信息。他告诉我，他来自"美国纽约的布鲁克林"。他的父母是德国人，他在1940年返回德国，为祖国效力。他还告诉我，训练战俘的指挥官曾经是堪萨斯州最大的皮货商。他也选择了离开美国，为祖国效力。

第二章 姓名,军衔与序列号

他打开我的钱包,掏出一枚反坦克团的徽章。他又想从我这里获得相关信息,我告诉他,那是我们还在美国的时候,一个朋友送给我的,我已经忘了它还在我的钱包里。随后,他又掏出一张我前任女友的照片,在我面前晃了晃。随即他叫两名德国士兵进入房间,他们挎着冲锋枪。

他说:"我可以派这两个兵把你带出去,打飞你的腿,你想少了两条腿回家见的你女朋友吗?"

我告诉他:"你就是打飞我的双腿,我也不会告诉你你想知道的信息。我的腿没了,你也休想从我这里得到任何东西。我对反坦克炮的事情真的一无所知。"他告诉我,我们将步行到火车补给站,在那里乘坐火车前往战俘营。我们可以安全而舒适地坐等战争结束。两个人一个房间,福利社里有啤酒、香烟以及糖果。我们可以在那儿踢足球,打垒球。那样的生活比打仗舒服得多,而且一日吃三餐。

这段话我会记住很长时间。

两个德国士兵将我押到外面,我的心跳到了嗓子眼里。我绝对不会投降,他们会枪毙我。然而,他们没有那样做,而是将我带回了谷仓,我如释重负。天呐,太吓人了。我告诉了班上的成员他们会被审讯的内容。我不明白那个审讯官为何在我告诉他之前就知道我是军士。这个可恶的家伙,一直没有归还我的钱包。

我们大约有三十人被审讯之后,他们要我们离开。天气已经变冷,越来越黑的天空开始飘雪,雪花洒落在我们这些可怜的人身上。我们出发了,深入德国,却距离美军阵线越来越远。起伏的小山逐渐变白,可怕的风声如同垂死的人在呻吟。碎石路和家乡冬季的路一样,在田野上蜿蜒盘旋,我们远在他乡。

当卫兵开始对我们一部分人进行搜身时,情况开始糟糕起来。他们抢走了我们的私人物品:手表、钢笔以及结婚戒指,所有金质的东西。我们只能闭着嘴巴继续前行,因为我们想起了美军K连士兵的下场,这些卫兵可以枪杀我们。接着,他们从那些穿着胶鞋的美军脚上取走了胶鞋,让那些美军只能穿着袜子走

杀向德国的血路：许特根森林和突出部战役

路。这些美军不是战斗人员，因为作战部队不穿胶鞋。有些人用领带或者布包住脚。我们大部分人穿着战斗鞋或者靴子。这些东西，德军没有费心脱走。天气很冷，现在碎石路上全是冰雪，行走因而更加艰难。前面的步兵佝偻着腰，拖着脚走着，像一群老人。

傍晚时分，我们在一座农舍旁歇脚。坐下来休息的感觉真好，没有人讲话，我们都太累了。德军给了我们黑面包和水，我们急忙装满自己的水壶，因为不知道何时再有这样的机会。我们继续前行，看着那些没有鞋子的同伴们，我为他们感到难过。每当我们在农舍旁歇脚的时候，就会有更多的美军加入到我们中间来，队伍越来越大。当德军说到他们已经俘虏几千人的时候，他们很得意。我看着走在身侧的德国士兵，心里想：如果我告诉他，我从八百码外击中了他们的一个人，他会说些什么呢？

第二章 姓名,军衔与序列号

1944年12月17日,下午4:00

刺骨的寒风吹在我的脸上。我哆嗦了一下;天气愈来愈冷。我的军大衣还在谷仓里,不知道谁会把它拣走。我在头盔下面还戴了一顶编织的羊毛帽子,是步兵的物品。戴着它,我的头可以保暖。我是正规兵,配备的衬衣、裤子、围巾、长内衣以及作战服都非常暖和。丢失的军大衣是配给的衣物中最好的一件,我经常在雨中徒步一整天,但身上依然可以保持干燥,而且,它也非常适用于躺在地上或者躺在雪中睡觉。我穿的靴子是克莱沃的老鞋匠十一月用给正规兵配备的鞋子改成的。

杀向德国的血路：许特根森林和突出部战役

> 1944年11月28日，卢森堡

克莱沃离我投降前驻守的地方大约二十英里，是一座风景如画的卢森堡小镇。镇上有一座豪宅和一座寺院。在和平年代，它肯定是一处旅游胜地。那里只有年纪较大的人，年轻人都走了。这些人对我们态度温和，我们美国人是他们的盟友。他们憎恨德国人，德国人侵占他们的国家长达几个世纪，在这次战争中就侵占过两次。我对憎恨这种情感并不熟悉，我知道憎恨是什么意思，但我从未憎恨过任何人。这些人了解什么憎恨，并且对德国人深恶痛绝。

我们中有三个人曾经离开前线，住在一家小旅馆里，休息了三天。在许特根森林战役中突破德军防线后，仍然活着的步兵少之又少，而我们就在其中，这是对我们的奖赏。休息、食物、饮料以及温暖的床都令我们感慨万分。自八月离开美国以来，这是我睡过的第一张床。

我已经记不起最后一次在浴缸中洗澡是在什么时候了。肥皂的味道，热水吞没身体时的感觉，都是奢侈的享受。用头盔舀冷水洗澡，我已经非常熟练（有人称这种洗法是妓女浴）。亚麻床单和干净毯子散发出清新的味道，和家的感觉相差无几。坐在桌旁，用刀叉吃着热气腾腾的食物，只在记忆中才会出现。我感到自己又重新做回了人类。

九点钟，酒吧打烊了，客栈老板请我们喝了一杯，为卢森堡的君主和王妃祈祷，并感谢我们三个人与德国佬对抗。再次变得全身清爽真是莫大的幸福，理发师除去了我的胡子——确实费了不少功夫才刮干净。他首先进行清洗，然后修剪，最后给我刮脸。我照着镜子，看到一个面色苍白的人，肯定就是我。噢，太可怕了。

德军会再次占领这个小国。我根本没有办法帮助他们，我连自身都难保。那个理发师还活着吗？战争结束后，那名来自布鲁克林的审讯者应该被绞死。

客栈老板为我们推荐了山上的修鞋匠。徒步爬了一半的山路后，我才找到

第二章 姓名,军衔与序列号

他。他和蔼可亲,满面慈祥,白发苍苍,如同孩童时代读过的神话故事书中走出来的人物,这座森林就是非常适合他的背景。他说自己还是年轻人的时候,就开始当鞋匠,为克莱沃的每一个人做过鞋子,修过鞋子。他要把我的鞋子改成靴子,这样我就不需要再裹绑腿了。

我看着他切开皮子,然后缝合,一只军鞋就成了一只靴子。他递给我一块皮,让我闻闻。他告诉我,世界上最伟大的三种气味来自皮革、烟草和木材。这双新靴子非常实用,因为我现在可以将裤子塞进里面了。靴筒六英寸长,看起来就像伞兵的靴子。我对时尚不感兴趣,然而,徒步行走在泥泞中、雪中以及水中的时候,这双新靴子就会是巨大的优势。他接受了我付给他的钱,微笑着祝我一路顺风。我感谢他,然后出发,沿着山路下山。我庆幸自己遇到了这个人,一路上感觉很好。但到了旅馆之后,情况发生了变化。

在旅馆里,有三个人来找我们。从他们佩戴的臂章看,他们是突击队员。突击队是一支特殊的队伍,执行有计划的任务,而不是常规的战斗任务。他们属于步兵,在赤膊战与爆破行动中接受过严酷的训练。他们精通用于敌后的所有武器,是战斗精英。他们是英军的突击队员。

"我是军士长史密斯。"其中一人说,他接着又问,"你是I连二排的上士,班长?"

我说:"你怎么知道这些?"

"我们得到允许来招募步兵参与突击队。"[①]

我大声问站在远处的两名应征步兵。"你们想加入突击队吗?"他们两个就开始问问题。

军士长说:"你们会住在师部,一天三顿热饭,在床上睡觉,不用再上前

[①] 战后,在与一名研究29师的历史学家交谈之后,我了解到了那支突击队的情况。一百二十五名突击队员被选出,在施密特镇附近的山顶上夺取德军的大炮观测基地。历史学家对我说:"一位名叫比尔的突击队中尉告诉我,从那座山上下来十二个人,他是其中之一,你要庆幸自己没有去。"

线，也不用再驻守散兵坑。"

"出去执行战斗任务的频率如何？"

"一个月不超过三次。"两名应征步兵告诉他，他们愿意去。

他们从未想过问一问，为什么可以将新兵带离前线。突击队员在美国和英格兰两地接受特殊训练，并非所有参与训练的突击队员都可以顺利过关，许多人在训练中被淘汰。训练严酷而艰难，只有最好的队员才能顺利通过训练。对步兵部队的步枪手进行的标准训练只有三个月，与伞兵相比，这样的训练相当容易，但突击队员的训练比伞兵的训练难度大得多。在我看来，他们显然需要人手去替补伤亡人员；只要能够站起来，就可以入伍。

我对史密斯说："我们会使用什么武器？"

"冲锋枪。"

另外两人说："那个比M1来复枪好，我们报名参加。"

"你们的配合非常紧密吧？"

"大部分时候是。"他然后又对我说，"你可以以现在的级别参加，用不了多久，就可以成为技术军士。"

"当然。"

"你可以从班长做起。"

"不用了，谢谢。我要留在这里。再见。"他们都走了，把我留在那里。

第二章　姓名,军衔与序列号

> 1944年12月17日,下午4:15

在一年中的这个时候走在德国,感觉寒冷累人,而且分外孤独,没有一丝友好的气氛。我们要去哪里?我们真的要去战俘营,还是要像K连那样走到下一座山后,列队被枪杀?究竟会如何?我捧起一些雪,装进水壶,化成水来喝。在这次旅程中,押送我们的卫兵们并不比我们好受。他们应该庆幸没有让他们回到战火连天的地方去,我却觉得自己回到战场上会更好。至少,我知道如何成为一个名副其实的军人。但我不知道如何当好一名囚犯。这种不确定性令人感到不适。真的有战俘营吗?我喝着水壶中的水,虽然冰冷,但味道不错。它是我拥有的全部。

杀向德国的血路：许特根森林和突出部战役

> 1944年11月6日，许特根森林

在许特根森林中，我们聚集在一座山的侧面。炮弹不时袭来。"难道德国人一直都用不完那些可恶的88 mm大炮吗？我们没有水，没有医疗用品，也没有食物。"

我们两个人蹲守在同一个散兵坑内。巨大的松树枝条浓密，几乎挡住了天空。另一个人刚刚带着伤从战斗巡逻队中返回，他的左侧身体就像汉堡包的夹层肉，发出腐烂的气味。他注射了吗啡，陷入睡眠状态。躺在这样湿冷的散兵坑内，他不知道自己是否会被埋葬在这里。我为他感到难过，然而，所有的美军步兵都清楚，他这个样子反而比我好。

我爬出散兵坑。连里的主任参谋正在向我们说明目前的状况，说德军已经包围了我们。我的第一反应是：胡说。我刚刚看到第三辆坦克在试图绕过其余两台出了故障的坦克时，被轰炸成了碎片。它们行驶的泥路宽度刚刚允许一辆坦克通过，德军简直就是射击场上的活靶子。什么样的白痴会将那些坦克都送来上西天？

我望着眼前的一切，仿佛在观赏一场令人厌恶的舞台表演。难道这支军队就不能做一些正确的事情吗？连长告诉我们，我们已经没有医疗用品、食物和水，我决定去为我受伤的同伴和自己找些水来喝。在我背着两个水壶穿过森林时，一个声音问我要去哪里。在一片灌树丛旁边有一个散兵坑，我们的连长在里面。我指向一片开阔的草地，那里有一个积满水的炮弹坑。

他说："如果你仔细看，就会看到炮弹坑周围躺着许多尸体。"

我看了看，全是美国兵的尸体。他说得没错。"他们到那里取水，却被那座小山上的德军狙击手击毙。他现在还在那里。"

"把你的两个水壶给我，我可以把你的和我的都灌满。"我说，"那个混蛋总要去小便吧。"我穿着运动服可以在10.6秒内跑完一百码，也许我的肾上腺素会让我成功取水。

我放下来复枪、背包和头盔。水坑距离这里大概有七十码,而且我没有穿运动服。我拔腿径直跑过去,扑倒在两个已经死亡的步兵之间。我俯下头,伸直双臂,将四个水壶浸入水中,全部灌满,我来不及拧上盖子,便迅速离开。那个狙击手就在我背后盯着我,这让我回去的路变得无比漫长。飞奔返回树林的时候,我曲线前进,好像足球场上带球进攻的队员。狙击手没有开枪。噢,老天啊,我真是太感谢你了,也许他正在撒尿。连长接过他的两个水壶,一边摇头一边说:"我是不会那样做的。"

我回答:"下次轮到你了。"有了水,我的心情变得愉快起来。接着,我喂水给受伤的同伴,我连他的名字都不知道,但无论如何,他不会再感到口渴了。他的确不再口渴,因为他已经死了。

杀向德国的血路：许特根森林和突出部战役

> 1944年11月7日，许特根森林

在这样的黑暗中，我的两只眼睛看不到任何东西。我头脑混乱，无法思考。我的直觉反应是要活过今晚，但如何才能做到？这些想法令我身体紧绷。我还在发抖，感觉很冷，不知道是今晚的温度过低，还是我自己的错觉。我是一只蜷缩在洞穴内的动物，等着被吞噬。这样的状态会持续多久？我无法忍受如此漆黑的世界。我竭力不弄出任何声响，我甚至不想呼吸。我看到他们在树木之间悄无声息地前进，径直来到了我所在的这个散兵坑边。我脑中浮现出今天上午被炸死的那些人。他们的身体被撕裂，腹部炸开后五脏涌到地面时，他们发出的尖叫声仍然回响在耳畔。可怕的死亡气息弥漫在我的周围。他们在屠杀我们。

同样的事情会再次发生吗？

这是在许特根森林中的第三个白天。我们得到消息，德国人已经同意红十字会的救护车带走我们的伤员。我们已经被德军完全包围，伤亡惨重，而且情况愈加严重。88 mm高射炮弹和迫击炮弹爆炸后的钢片像刮胡刀一样锋利；巨大的爆破力令它们可以像外科医生的手术刀一样轻而易举地切开人体，结果血腥恐怖。痛苦的喊声持续不断，这里变成了人间地狱。我们无力照顾伤员，因为没有药品，没有医生，只有寥寥无几的军医。我们需要志愿者将伤员带下山，将他们转移到等候在那里的救护车上。志愿者不能携带武器，只能运送伤员。

天色越来越黑，所以我们必须马上出发。

阿登高地这片巨大的森林长达二十英里，宽十英里。许特根森林只是其中的一部分，它的北边毗邻比利时和德国，距离德国的亚琛市不远，它向南穿越卢森堡和德国。这里的山坡陡峭，山谷与溪谷幽深，最突出的峡谷就是附近乌日河所在的那一个。

这片森林里生长着大面积的冷杉，有些高达七十五英尺，更有甚者居然一百英尺高，遮天蔽日。第一次走进来的时候，我抬起头，感觉仿佛进入圣地。这座

第二章 姓名,军衔与序列号

森林数百年来一直都是士兵沉默的坟墓,界线分明的防火道纵横交错。这些防火道在德军的地图上得到了严格校准,以确保他们的大炮可以精确定位,德军的大炮能够准确地将炮弹射入美国士兵的衣袋中。事实上,这样的事情经常发生。从一九四四年九月中旬到十二月中旬,美军一直在为这座森林的每一寸土地而战斗,仅仅28师的伤亡人数就多达6184人。无论是在生理上,还是在心理上,它都遭受了严重的打击。

粗大的深绿色冷杉高耸入云,蔚为壮观。在这个如同教堂的地方,白雪覆盖的枝条像屋顶一样遮住了天空。浓密的树木相互交织,搭成《鬼怪密林》(*Hansel and Gretel*)中阴暗的洞穴,松软潮湿的地面减弱了入侵者发出的声音。这是德国的埃菲尔铁塔,有史以来击败了所有的军队。自九月中旬至十二月中旬,大约34000名美军或死或伤,或者被俘,或者因为战斗疲劳症、肺炎、战壕足病而撤离战场。德军的情况可能也差不多。这片土地因长时间地浸润在士兵的血液中而愈加肥沃。

我们砍倒直径大约四英寸的小松树,做成杆子,随后将它们插入系着纽扣的大衣中,做成简易的担架。受伤的士兵被放到担架上,然后由两名士兵抬走。如果伤员的背包中装有毯子,就会拿来盖在他身上;如果没有,他就没有东西可盖,因为毯子非常稀缺。

等到我们准备就绪时,天气更加寒冷,天色也已变黑,我们如同置身在箱内。我们排成一列纵队,眼睛紧盯着前面抬担架的人,夜色如墨,我们只能小心翼翼地小步移动,非常缓慢。我始终低着头,看着自己的脚,以免跌倒。躺在担架上的士兵受了重伤,担架沉重。他们说死人抬着更重,不知道他是否仍旧活着。

我们不时停下脚步,将担架放在地上。我们不知道距离山脚有多远。有些伤兵痛苦地呻吟着;有些伤兵运气较好,注射了吗啡,神志恍惚。天气寒冷,但我们却在出汗。抬担架是一项费力的工作。山路崎岖,有些士兵被绊倒,失手将伤员摔到地上。我们再次停住脚步,放下担架。抬着担架走路非常艰难,但伤员的

杀向德国的血路：许特根森林和突出部战役

状况更糟糕。有的身体里嵌着子弹或钢片，某种程度上反而具有堵塞作用；有些人的伤口则流血不止，鲜血滴落在地面上。

伤员周围弥漫着血腥味，令人作呕。我的鼻孔和嘴巴里充斥着这种气味，一种甜腻难闻的气味，非常明显。我想将它吐出来，我再也不想闻到这种气味。前面那个人咒骂了一声，接着被一条树根绊倒。当我也被同一条树根绊倒时，也气得骂出声来。究竟什么时候才能达到山脚呀？我们怎么会落到这步田地？我不再害怕，只想发火。我认为自己以后再也不会害怕，只会为浪费这一切而感到愤慨。让我们陷入这种境地的长官们应该在这里，如果他们有人躺在这些担架上，情况或许会有所不同。

许久之后，我感到地面开始变平。当我抬起头之后，看到两名德军端着冲锋枪站在一座小木桥上。涂着红十字的救护车停在桥的另一端。这座桥大约二十英尺长，横跨在一条小溪上。我们抬高担架，走向救护车。

我撞到一名德军，他哼了一声。我真想对着他的屁股踢上一脚，将他踹进小溪中，但我没有出声。我们是对手，天色又黑，而他还有枪。他让到一边，我们继续前行。之后，我突然想到根本没人告诉我们，安置好伤员之后如何回到山上。伤员会作为战俘被送进医院，我们会遭到何种待遇。

答案不言而喻，我们不是拿着枪的那一方。我们的武器在山顶，我们自己却同敌人一起待在山谷里。这样的境况和我们当初到达这里的原因一样，令人烦闷。我们究竟是怎样被包围的？指挥28师的人简直是一群白痴，高级军官应该徒手和我们一起下山到这里来，深入到敌军中。天晓得，也许他们会有些收获。

我们将伤员抬进救护车，然后悄悄地慢慢离开，我希望离那些德国佬越远越好。我在军队学得很好的一件事情就是保持沉默，尽量低调。我看到此刻凌晨两点刚过，明天就是我们来到这座坟墓的第四天，周围弥漫着死亡的气息。此刻是逃离的好时机。

我身旁有一个散兵坑，里面有一个美国兵。

"让开。"我滚进去。天啦，我真累，好冷啊。在我需要的时候，大衣再次不

第二章 姓名，军衔与序列号

在身边。我不可能穿着那件大衣抬着担架下山。我的双脚冻得发疼。我没有办法暖脚，只好将脚抵在散兵坑顶，位于头的上方。这样的放法，双脚会麻木，但不会受伤。虽然我的行为有些愚蠢，但我还是想将脚在那里放一会儿。

有人在轻轻推我。我的脚已经感觉不到寒冷，因为它们已经麻木。我动了几下脚，神志已经完全清醒。我身边的步兵说："我们走吧。"

"往哪走？"我问。

我们两个爬出散兵坑的时候，他说："有个德国佬想去美国。"

我们与另一名美国兵会合，果然没错："我们的德国兵来了。"

"现在是早上六点钟。大约一小时后，黎明就会到来。"

在那样浓密的森林中，天亮的时间会晚一些。毫无疑问，那个德国佬想成为战俘，被送到美国的战俘营。他面貌邋遢，我搜遍他的全身，没有发现他携带武器，他已经做好了准备。我们要他带领我们返回美军战线，然后我们就会为他安排好一切。

一名德军，两名没有武器的美国兵，一名扛着不知道从哪里捡来的德军机关枪的美国兵。我们一行四人出发了，我们沿着山顶与山脚之间的半山腰前进。我认为德军的巡逻队要么在高处，要么在低处，很少会在中部。这是唯一有胜算的对策，如果遭遇任何德军，我们的下场不言而喻。如果想成功，我们的返程必须迅速无声。我们跟在德国兵后面在森林中穿行，他似乎知道要去哪里。如果他不清楚，他和我们都只能听天由命了。

天色越来越亮，我们担心被敌军发现的可能性会增大。机关枪手落在了后面。我要他扔掉机关枪，因为即使我们看到了德国佬，那东西也派不上用场，最终他丢掉机关枪，赶上我们。

我们停住脚步，那名德国兵指向山谷对面。我们全都趴倒在地，看着一支德军巡逻队正朝反方向走去。他们也走在山的中部。我们的伟大策略实施的难度太大。下次逃跑的时候，我就走高处。我们非常庆幸德军选择了那座山，而不是我们所在的这座。哪里来的好运气？

67

杀向德国的血路：许特根森林和突出部战役

德军肩上扛着武器。如果是作战士兵，就会将武器的枪口朝前，方便随时开火。

显然，我们距离前线还有一段距离。等他们消失之后，我们才起身行动。我们不敢跑动，那样会制造出很大的动静，因为我们处在及膝深的落叶中。给我们带路的德国兵向我们保证，我们的方向没错。大约行进一英里后，我们听到有人在大声命令我们站住，声音是美国人的。

我们回答说："不要开枪，我们是美国人，刚刚从敌军那里逃回来。"我们看到几个美国步兵持着来复枪对准了我们。于是，我们扔掉了武器。我们是幸运的，因为他们是老战斗兵；如果是新兵，我们早就被打死了。我们放下双臂，他们像欢迎失踪已久的弟兄一样欢迎我们。我们的确也是。

谢天谢地，我们终于逃出来了。那名德国兵也受到了欢迎，他对于我们的情报工作非常重要。我们对他表示感谢，然后前去寻找吃的东西。这个部队的长官还不知道，我们110步兵团I连在距离施密特镇一英里左右的地方已经被包围。我们讲述了事情的发生经过，我们的位置以及伤亡人员后，便开始吃东西。我们实在太饿了。

吃了一些热食之后，我来到了分配给我的散兵坑。这些散兵坑条件很好，上面盖着八英寸厚的圆木顶，而且非常深，看起来像是工程师建造的。肚子已经填饱了，我伸开双腿，很快就睡着了。

我被喊声惊醒。站在那里的步兵告诉我，他是I连2排1班班长，我已被晋升为军士，担任新的副班长，第二天，我们就会被派遣到卢森堡前线。

正在那时，德军88 mm大炮的炮弹向我们飞来。顷刻之间，军士消失了，没有发出任何声音。炮弹密集地射进来，爆炸声震耳欲聋。我双手抱头，藏在散兵坑内。它会停止吗？炮弹不断飞向树木之间，落在地面上。过了一会儿，炮轰如同开始那样戛然而止。一向如此。

死一般的寂静。军士躺在地上。我爬出来，将他爆开的尸体拖进散兵坑内。他已经没有人形，只是一块肉。他死了。他刚刚晋升了我，我却甚至不认识他。

第二章　姓名,军衔与序列号

我本来想结识他的,如果再有一会儿时间就好了,但一切来得那么突然。这不公平,仿佛战神在招兵买马,但为什么是他?我的运气还能持续多久?被炸死的人本来也可能是我,如果我在坑外,那么此刻就会躺在他的身旁。也许,下一个就是我。

军医给伤员处理过伤口之后,运走了死者。死者总是最后一个离去,仿佛这是他们应得的最后尊严。

大家全都沉默不语,情绪忧郁。排长告诉我,我是新任的班长。我现在是军士了,谢谢。

"你自己选一个人当你的副班长。"

我选择了一个同我一起逃离德军的士兵。根据我在战斗中的观察,谁是什么样的身份并没有多大不同。无论如何,没人会长时间留下。我刚开始熟悉军人这个职业,我不清楚自己会如何被击中,在何时被击中。不知不觉中,我似乎已经不再恐惧,我不再害怕。这是一种奇怪的感觉。我猜我也没有时间再继续害怕。我已经找到了一些身为军人的感觉。或许,我还会逐渐喜欢上这个职业。

杀向德国的血路：许特根森林和突出部战役

> 1944年12月18日

这是我们徒步进入德国的第二天。我班上的一名士兵走在我旁边。

"看那里。"他说。田野上，距离我们大约三百码的地方，有德军的一组88mm大炮，和在许特根森林中夺去众多生命的大炮是同一类型。

"他们把它们用作了防空炮。"我答道。炮队成员可能在进行开炮训练，炮筒指向天空。

"它们全都有伪装，所以从空中就不会被发现。"

我嘟囔道："难怪它们看上去那个样子。"

看到这一切，以及这一切是如何在这边运作的，感觉有些奇怪。那些枪炮此刻安安静静，但它们的的确确能够将接受端变成地狱。我怀疑德军的炮兵是否有人清楚，那些炮弹爆炸时，会造成多大的破坏。他们是否看到过那些残缺不全的身体，四肢已经被炸飞，只剩下根部，白森森的骨头从无头的身体中突出来？什么样的恶魔能够设计出如此恐怖的情景？我可以告诉他们具体景象，还要告诉他们随之而来的可怕尖叫声。

我旁边的人说："有这些东西在，我们活不成了。也许，我们应该趁现在身体还完整，赶紧回家。这些混蛋绝不会给我们吃的。但我打赌，国内的德国战俘会有吃的。"

我已经累得说不出话来。

我的思绪回到了那个冰冷的场景：僵尸般的生物大步走在路上，看上去像是人类痛苦结成的硬块。我猜想，我们昨天走了三十英里，今天到现在为止，可能已经走了十英里。如果我们真的要搭乘火车离开，它究竟在哪里呀？我们走得越远，被枪毙的可能性也就越小。也许，我们要到战俘营去。

我们又一次停下来休息，这一次坐下来的地方没有雪。我们坐在自己的头盔上，它们是不错的凳子。德国佬远远地聚在一边，好像我们患有坏血病一样。我

第二章 姓名,军衔与序列号

走到一个没有鞋子的美国兵前,将我的围巾送给他裹脚。

他抬起头说:"谢谢,这个有用。"

我笑了。"有用就好。"我心里却在想:如果在这里就遭到这样的对待,接下来会发生什么事情?我们就只继续徒步前行,还会有其他事情发生吗?

此刻,天色已黑,天气也更加寒冷。不知道没有鞋子穿的士兵们会有多冷。我累了,双腿发软,想坐下来休息。上帝被绑在十字架上的时候,有过这种感觉吗?他肯定疲惫不堪,内心孤独,与此相比,我的处境还算不错。但愿我能够重新回到战场上。至少,我知道自己大部分时间在做什么,而且能够在口袋里找出吃的东西。我的两个口袋里真的各有一根D棒。如果他们不给我们东西吃,我就明天吃一块,另一块留着急用。我坚持的时间越长,状况就会越好。

D棒是一块巧克力,长约四英寸,宽约一点五英寸。这种巧克力营养丰富,含有的热量足以抵上整整一餐饭。我们全都随身带着它们,它们味道不错,不止一次成为我们手边仅有的食物。我身上没有任何应急口粮,只有参加战斗时才会带应急口粮上,以备士兵随时吃上东西。

应急口粮装在一个防水的盒子内。盒子长约八英寸,宽约三英寸,放在我们的野战背包中。

应急口粮是冷的,包括饼干、一大块奶酪、一听肉、一根水果夹心棒以及一包柠檬。

设计这个大杂烩的人肯定有着常人没有的幽默感。饼干无害,但奶酪是"切德牌",非常紧实。紧实的食物吃下去,容易引起便秘。在德国佬决定用一吨88mm大炮的炮弹轰炸我所在的位置时,在田野中间成功挤压肠子几乎是一件不可能的任务。而且,这种用大炮轰炸的骚扰行为会导致人类认知中最为古怪的运动。任何奥林匹克的赛事都无法与随后发生的行为相比。我丢下卫生纸,抓起来复枪,顶着摇摇欲坠的头盔,跳进或者躲藏到能够找到的任何掩护中,只要能够逃开爆炸的炮弹就可以。当然,我会想办法防止绊着我的裤子彻底滑落下去。我光着屁股躺在那里,希望不要被击中。

我不知道德国佬是否真的能够看见我。光着亮闪闪的屁股如此狼狈的我，会是他们的目标吗？我可以想象，德军大炮观测兵大声喊出目标时的情景。"经度1.6，纬度13.0，有一亮闪闪的光屁股。效力射。"

他们会因为击中美军的光屁股而颁发特别奖章吗？也许吧。

水果夹心棒从来不会被吃掉，除非是为了治愈便秘。吃水果夹心棒等于自找痢疾。我们只有在绝对必要的时候，才会清肠。我们甚至还有深绿褐色的卫生纸，旨在伪装。然而，从未有人给我们发放一些东西，让我们可以在排便过程中伪装我们亮闪闪的白屁股。

最荒谬的是那包柠檬粉，它可以在冷水中溶化，在温度达到零下的天气里得以消化。柠檬盒常常未经使用就被丢弃。应急口粮中还有一些硬糖，真是一件乐事。没人会吃午餐肉；我们总是会看到一路丢弃的盒子，由此知道这里有美国人。午餐肉和美国兵遍及各地。美国步兵的应急口粮就是这些东西。不过，现在的我能够吃下六份应急口粮。

第三章　棚　车

1944年12月18日

我们还在走路。天色已黑，空气湿冷，痛苦不堪。我们如同鬼魂一样，在雾中穿行。我们感觉自己像鬼，也许最后真的会变成鬼。我觉得自己很脏，双脚发疼，胃里鼓鼓囊囊的。没有可以抱怨的人，伟大的美国士兵在军队中唯一真正的权利，就是随时可以抓住某个人抱怨，甚至可以一直抓住某个人抱怨。现在，这个权利已经没有了，没人敢开口抱怨任何事情。这些人不喜欢我们。

我们正在走进一座小镇。有人说是盖罗尔施泰因（Gerolstein）。我看到了街道、一些士兵、寥寥无几的人，以及常见的土褐色建筑。天色昏暗，雾蒙蒙的。构成这个场景的每一样事物都阴沉沉的，每个动作似乎都是慢镜头。这一切似乎就是一个梦，但它不是梦。黑暗中有些小小的亮光在四处移动，令眼前的一切更加虚无缥缈。一个亮光靠近了我，那是一个德国士兵脖子上悬挂的金属物品，亮晶晶的，串在制服外套上的链子里。他好像正在指挥我们行进的方向。也许他是一名军警，制服上的大奖章表明了他的身份。

鹅卵石铺成的街道两侧有平整的人行道；商店的橱窗是古老的欧洲风格。若是在平时，游客会觉得这些店铺离奇而有趣，但如今它们只是看起来较为另类，而且给人不够友善的感觉。街上没有汽车出现，行人也寥寥无几。镇上的人可能正准备吃饭，我不认为会有人邀请我们：我们是杀害他们孩子的敌人，是猛兽。我们正在侵略他们的国家，破坏他们的生活与家庭。

我必须抛开这些令人沮丧的念头，专心思考如何度过眼前的困境。

杀向德国的血路：许特根森林和突出部战役

我们现在到达了一个大型火车站。卫兵将我们集中在一起，带进一座圆顶建筑。小时候第一次看到这样的建筑是在匹兹堡，里面停着火车。这里散发出完全相同的气味，对于在宾夕法尼亚州煤区长大的人来说，这是一种熟悉的气味，煤灰和烟雾混杂在一起的气味。然而，这些是德国的煤灰，闻起来像是焦炉的味道。铁路上的工作人员称它为"车库"。我们坐在了地上的那群美国兵中间；现在，我们有几百人了。地板坐上去冷冰冰的，但总比站着强。我就要倒下了，我们全都饥饿难忍，却连"饿"字都不敢提起。我猜想，这就是住在监狱里的感觉。我暗暗在心中对自己宣布，如果我能够脱离现在的困境，我绝对不去坐牢，绝对不去。

第三章 棚 车

> 1944年12月19日

在晨光中，我发现我们中间又增加了许多美国兵。我们的人数可能有七百个，或许已经达到了一千，说不清楚。我从来没有遇到过这样的情况。我们没有接受过有关俘虏遭遇的相关训练和教育。

我周身的骨头都在疼，头也在疼，嘴巴里有一股腐烂的气味，好似有东西死在了里面。我抱着水壶喝了一口水，水里透着塑料味，因为水壶是用塑料制成的。我真想洗洗脸，刷刷牙。德国人意识到这些条件不卫生吗？我们应该向别人抱怨，但是向谁呢？德国佬正在吼叫着让我们赶紧走："快点，快点！"

我旁边的人说："妈的，老子哪儿都不去，我的脚疼。"

我懒得回应他。

我们像一群牛一样被赶到了一块儿。铁路那头大约一百码的地方，立着我们的新家——一战时期生产的标准棚车，"40-8"。我父亲向我描述过40-8，他在一战中曾经被授予银星奖章和紫心勋章。他和我都隶属于28师110团的I连，他在一排，我在二排，我们参与的战争不同。他瘸了一辈子，走路时非常明显。在我年纪较小的时候，他就无法像其他父亲那样与儿子玩球。此刻，在这里，我们再次与德军战斗。我的儿子也会远在此地经历同样的考验吗？如果可能，他坚决不允许那样的事情发生。

40-8意味着这节四轮棚车设计的空间可以容纳四十个人或者八匹马。我们现在正登入我们的新家，六十个人一节棚车。它是用木头制成的，有供人站着的地方，但躺下是不可能的。我们坐在地上。美国兵一定是历史上最有创造力、最令人讨厌、最聪明、最有诡计、动手能力最强的士兵，他们也能吃苦耐劳，而且比任何其他国家的人都更能喧闹。美国士兵吃穿条件也是最好的。不过，当他们得不到这些时，就会为此抗议。

杀向德国的血路：许特根森林和突出部战役

> 1944年12月16日

我的思绪回到了我栖息的谷仓。在那里，我吃下了最后一次美国食物。一个巨大的保温罐里装着煎饼、火腿、草莓酱和一个容量为一加仑的大咖啡壶。这些食物非常好吃，甚至闻起来也是香喷喷的，要是能再吃上就好了。不过，想到那些食物还留在那里，我却不能品味到它们，感觉更加糟糕。

每天连部厨房会给我们送来两顿热饭。在战区吃过盒装食物以及罐装食物之后，能吃到这样的东西实在是一件幸事。两名士兵开着吉普车来送热饭，这里虽然是前线，但战事很少，因此无人开枪。吉普车在下午过来。非作战部队在白天感觉更安全，天色变暗时，他们会紧张不安。他们从不多作停留，也不与我们长时间对话。我们也从未就他们的勇气或者胆怯开过玩笑。有些美军是因为战争疲劳症而成为非战斗人员的，他们已经身心疲惫，不能再勉强作战。有些人认为这些士兵是懦夫，我不愿意这么想。

十二月十六日早上，我在煎饼上抹了一层果酱，然后裹上火腿。在敌人进攻期间，我巡回作战时，能够吃上这个煎饼三明治。

此时此刻，我想不起任何更美味的东西。我真希望自己带了好吃的来。难道这些德国佬不打算给我们吃的吗？门紧紧地闭着，我能听到门闩正在被锁住。我们要留在这里面了。我从来没有被锁过，这种彻底无助的感觉很不好，我不喜欢，这就像经受惩罚。

我们怎么排便？我们怎么拿到饮用水？我们什么时候吃饭？谁知道？我们大部分人都累得说不出话来，有些人在讨论逃脱囚禁的办法。这个地方脏乱寒冷，而且漏风。我喝了一大口水，味道更难喝了。

棚车的侧面有一个小口子。一个美国兵正对着那小孔撒尿：美国佬的小聪明。地上有稻草；坐在上面，屁股就不会感觉那么冷了。火车猛地抖了一

第三章 棚 车

下，然后开始移动。有人欢呼出声。他们在喝彩，我也在大笑，但我们并不知道要去哪里。大家纷纷开始猜测；叽叽喳喳的声音令我摆脱了沮丧。冷风从缝隙中吹进来时，我哆嗦了一下；想到我在哪里，正在干什么时，我又哆嗦起来。

我的手表显示的时间是上午10：20。自上午八点钟起，火车一直在行驶。每个人都在不断地挪动，试图找到最便于休息的空间。自然，块头大的人会挤开块头小的人，得到更大的地方。显然，生存是考虑的首要问题。我们中有士兵，没有军衔的军官，也有二等兵。我原来班上的人一直待在我附近。这样不错，有人推挤时，我们十一个人固若金汤。我感觉自己更像是一个帮派头目，而不是班长。或许那个偷鸡的少校也在这列火车上，再看到他的脸，肯定很热闹。怎么，今天没有偷到鸡吗？

火车正在减速，最后停住了，我们仍然坐着。我在思考，生存——这都是为了生存。在战斗中，或者在这种情况下，活下去就是目标。活过今天，就有明天。我旁边那个人被击中倒下的时候，我的第一个感触是：**幸亏不是我**。随之而来的想法是：**不是他，就是我**。最后，我才为他的牺牲感到难过。生存是自私的，是一种真正残酷的情感。

我看着自己的手表；我肯定已经睡了一个多小时。火车还没有开动，我们有些同志正在猜测其中的原因。一个美国兵说："这些车厢顶上没有白十字的标志，没有表明它们是中立的，是战俘所用。白十字是用来防止空袭的，有了它，空军就不会轰炸我们。"

另一个人说："我们必须告诉德军，在这些车厢顶漆上白十字。"

一个坐在我对面的军士说："你去告诉他们吧，他们全在那边的壕沟里，躲避我们的飞机呢。"

有些战俘开始一边用力敲击棚车的侧面，一边大声吼叫。外面响起射击声；一颗子弹击中了我们所在的车厢顶部。军士说："得到答案了吧，你要是聪明，趁他们还没有把我们全都打死，坐下来，闭上嘴巴。"

一片沉默，我们都在默默思考。

在大多数士兵中，有的沉默寡言，有的吵吵闹闹，有的身体瘦弱，有的多嘴多舌，有的身体强壮，有的蛮横粗暴。但在这里，我没有看到蛮横粗暴的人。

敌意如同乌云笼罩着这群人，战友之情被抛到一边。但我们十一个人似乎是例外，我们牢牢地团结在一起。我不断环视四周，估量其余的人，这群人中没有一张友善的面孔。除了我们班的人，我不相信任何人。

肯定过了一个小时，火车才又再次开动。军士说："飞机来轰炸这列火车时，火车头会被解开，冲向最近的隧道，然后藏在里面，等待飞机离开，因为火车头比一车战俘更宝贵。"他的年龄看起来比我们多数人都大，说话时非常威严，大概是因为他经历过更多。

又有一个人说："我们这是坐以待毙。"

"要习惯这样，不会有变化的。"

我们继续以每小时大约四十英里的速度前行。有些俘虏绞尽脑汁，想找出打开门的最简单的办法。我从口袋里掏出一个D棒，折成两半，将其中的一半放回去，然后开始吃另一半。我的人都看着我。

"你们的D棒要一点一点慢慢吃，我们可能要靠它们撑很长时间。"

"不知道要把我们送到哪里去。"他们中的一个人说。

另一人说："不管是哪里，我只希望赶快到达。"

这个木笼子里温度很低。六十个人挤在狭促的空间里有助于保暖，但冷空气源源不断地从每个缝隙中涌入。坐着最暖和的地方在人群中心，最舒适的地方是靠在硬邦邦的车厢壁上。看着这群人，我心中暗想：他们各自的妈妈是否能认出他们来。想到这里，我脸上浮出了笑意。我敢打赌，我妈妈会认不出我来。

我睁开眼睛，看到月光从棚车的板条之间漏进来。夜色晴朗，月亮在水中的倒影清冷遥远。火车开过一座钢桥时，发出了不一样的声音。这列火车没有汽笛。如果这是莱茵河，那我们正在朝东走，进入德国中部，却离家乡越来越远。

第三章 棚 车

那些闪烁的星星肯定正在将星光洒向尼亚加拉大瀑布上方，纽约，以及我父母生活的地方。他们今晚在担心自己唯一的孩子。如果我能够告诉他们，我一切安好，要他们别担心，那该多好。此时四周静悄悄的，我倾听着车轮转动的节奏，它们仿佛正在"嘭啪，嘭啪"地与我交谈。我渐渐陷入黑暗之中。

杀向德国的血路：许特根森林和突出部战役

> 1944年10月，比利时列日东部（East of Liege）林区

我们今天乘坐卡车到达之后，就开始搭建背过来的帐篷。我们肯定距离德军更近了，因为卡车司机让我们下车时，害怕得几乎不敢动。其中一位司机告诉我："我得赶快离开这里，德国人要来这里。"我们手中还没有来复枪，也没有弹药。大家一致认为，我们不能投入战斗，但很可能会被分派做一些不需要武器的事情。

一个人说："我们只要看着德国人，他们可能就会吓得要死。"

在漆黑如墨的夜色中，东北方向的天空引起了大家的注意。那里被红黄两色点亮。一位军官说："对亚琛市的进攻已经开始。"我们全都想到了一点：幸亏我们在这里，没有在亚琛市。天空好似被燃起的熊熊大火照亮，又像是美国国庆节庆典喧天的炮火，那里肯定已经变成了人间地狱。

"地狱也许就是这个样子，"我对朋友说，"如果是，我要躲开它。"

我想起以前学过的历史课上讲过的一件事情："亚琛市是国王查理大帝的出生地，也是圣罗马帝国的首都，曾经有三十二位大帝和国王在那里加冕。"然而，今晚的它一定混乱不堪。

第三章 棚 车

1944年12月20日

火车停了，我们全都走出棚车。一大群可怜的人开始整体移动，然后逐渐开始拉开距离。当我们下了火车双脚着地之后，卫兵提醒我们：我们还在他们的看管范围内。出入棚车让人感到愈来愈难受。这些卫兵原本是平民，而且已经上了年纪。他们原本应该留在家里享天伦之乐，不应该出现在这个随时可能丧命的地方。

我们解决内急之后，列队在一个水龙头下灌满自己的水壶。没有人问这里的水是否干净，是否受过污染，没有人在意这个。战争贬低了我们的人格，我们不再重视自己的尊严，面貌邋遢，感觉同样邋遢。我们被压迫在最底层。如果德军想要破坏我们的士气，他们是无法到达目的的，因为我们没有士气。周围白雪皑皑的山脉依然冰冷，充满敌意。到现在为止，时间已经过了四天，德军没有给我们提供任何食物。

站在我身旁的万事通说："军士，他们不会枪杀我们，没有这个必要，因为我们会被活活饿死。"

"闭上你的臭嘴。"利用惩罚和暴力威胁任何人都没有作用，没有人会在意。我们只能坚持到底。

德国士兵看起来没有我们那么好。他们有的人身有残疾，有的人年龄较大。也许，他们在战斗中负了伤，现在只适合这样的任务。他们大部分人属于二等兵，也有一些士官。没有一人露出乐于在这里的表情。他们似乎害怕美军的飞机，或许正在想着，要是我们所有的人一拥而上，突然围攻他们，会有什么样的后果。我知道，我们的确正在考虑这个问题，如果我们袭击他们，会有一些人被枪杀，但有一点可以肯定，我们会控制住他们。问题是我们不知道自己现在身处何处，距离美军的阵线有多远。我知道我们在莱茵河的东边，是因为我昨天晚上经过时看到了它。

我旁边的那个人说:"我们应该袭击他们。"

"你愿意第一个上吗?"他没有吭声。

我们被赶回棚车去。我仔细看了看这列火车,它非常长。我不知道卫兵在哪节车厢,但肯定是在属于他们自己的一个棚车内。这些平民卫兵扛着老旧的手动步枪,士兵扛着的是冲锋枪。我不担心来复枪,但冲锋枪却不能轻视。这些武器的威胁力足以令我们老老实实,不敢轻举妄动。

我们回到了棚车内。似乎只有火车因为附近出现美军飞机而停靠时,我们才有机会出来方便,在这种情况下,火车头会脱钩,开向附近的隧道保护自身,果然和那位军士的话相符。

第三章 棚 车

威士忌

我陷入了沉思，满脑子想着我们的那瓶苏格兰威士忌，不知道它现在何方。那瓶威士忌是我和我的伙伴从巴尔的摩带出来的，跟着我们经过马里兰，最后到了法国勒芒的帐篷城（Tent City）。它上过法国海轮"法兰西岛号"，还与上万名美军挤在一块儿，随同他们在苏格兰格拉斯哥的克莱德河登岸。之后，它登上了开往英格兰多佛的火车，接着乘坐轮船穿越英吉利海峡，之后在瑟堡半岛的奥马哈海滩登陆。后来，它还在彼得和我的陪同下转乘多辆卡车，到达比利时。那个时候，我已经厌倦一直带着我们的这个奖品。我们最初商定在船上按口售卖，每口威士忌一美元。我们会挣到三十二美元。在那些日子里，一盒香烟价值七美分，因此三十二美元是一笔巨款，让我们可以在欧洲挥霍。我们最后才想到，根本没有地方让我们去花钱。我们都是聪明人，于是决定留着那瓶威士忌，在我们参加战斗的第一天喝掉。彼得负责保管它。我们离开卡车集中时，听到一句话，粉碎了我们的完美计划。"姓名以字母A到M开头的人都站到这边，其余的人到右边集合。"彼得去了那边，酒也跟着他去了那边。战争结束后，我在大学里安然畅饮时，彼得的信终于到了我的手上。信上说，他和散兵坑里的同伴在上战场的第一天喝掉了那瓶威士忌。他的班长发现他们两个人在散兵坑里喝着酒哈哈大笑时，勃然大怒，将他们遣送回战地救护站，让他们在那里好好思过。不久之后，彼得被散榴弹炸伤，住进了医院。他以后勤中士的身份退伍，返回加利福尼亚卡梅尔市的家乡，之后与一个年纪长他一倍的富婆结婚。她是一位艺术家，彼得也是一位艺术家，只是类别不同。他绝对是我见过的人中最有女人缘的，而且四面逢源。看着他周旋在女人之间，一直都是一种享受。

杀向德国的血路：许特根森林和突出部战役

>[1944年12月24日]

因为失败而激起的郁闷情绪如同浓烟悬浮在空气中。棚车内压抑着愤怒的气息。这些人想从这里出去。这是我们在火车上的第五天。

大多数俘虏都已经吃掉了随身带着的食物与D棒。他们牢骚满腹，抱怨自从我们开始这趟行程起，德军就一直没有提供过食物。我的衣袋里还有一根D棒，我决定不到万不得已，绝对不动它。会在什么时候呢？

火车即将停下，车门开着，卫兵正在将一些小箱子递给我们。我们不能离开车厢，这不是方便的时间。

有人大喊出声："这是红十字会送来的食物。"的确如此。

另外一个人说："圣诞节马上到了，今天是平安夜。"所有的人都激动得大声喊叫，推推搡搡。有人交给我一个箱子，长12英寸，宽8英寸，高4英寸。我还没有意识到今天是平安夜。

"六个人一箱，军士。"看到有吃的，无论是什么，我们都喜出望外。

我大声对着身边的人说："你们五个。"我们小心谨慎地打开箱子。里面放着几种小罐头：蔬菜、鸡肉、香肠；还有饼干和一条巧克力，够我们大餐一顿。我们六个人有两个勺子，我们传递着勺子，每人吃上一些。我吃到了青豆、豌豆以及胡萝卜，之后还吃到了鸡肉和饼干。我缓缓咽下这些东西时，心里开始紧张，我想尽可能延长吞咽食物的过程，天知道什么时候才能再次看到吃的东西。再吃到东西，是多么令人欣慰呀。我们受到的待遇简直非人到极点。

在这种场合下，人人都严肃起来，以至于空气也有些凝滞。被选到的五个人在用勺子挖出自己的那份时个个小心翼翼，以免被人打断。"我为你们感到自豪，"我说，"你们是真正的军人。"他们咕哝着继续吃东西，我却暗自笑了。我已经开始喜欢这些人，我们还在远方的战场上时，他们就已经成为优秀的步枪手。

第三章 棚 车

尽管我们全都细嚼慢咽，这一点食物还是很快就吃完了。这箱食品原本仅供一个人食用。我们全都灌了一大口水，面带微笑看着彼此。然后，我们将那条巧克力掰成六份，也吃了下去。虽然我们没有幸运地吃到打嗝的程度，但我们都努力寻找饱足的感觉。这是多好的圣诞礼物啊！感谢你们，瑞典红十字会，以及为我们做出这个安排的正直德国人。

我们全都后仰，闭上眼睛，回忆在家乡度过圣诞夜的美好情景。棚车内响起了圣诞歌曲，每个人都在轻轻哼唱，有些人开始打盹。我也慢慢坠入梦乡。

我在做梦。有声响，但不同于我以往听到过的任何声音，有人在摇我，出事了，我有危险。

"军士，军士，"我旁边有个声音说，"看在上帝的分上，快醒醒，空袭来了。"他正在大喊。

我吼道："我们到哪里了？"

"我们在法兰克福的火车修理场。"

英国皇家空军在我们上方投掷的炸弹发出轰鸣，英军在夜间轰炸，美军在白天轰炸。每次爆炸都令人震撼。我们唯一的光线来自爆炸，距离较近的爆炸撼动了棚车。我可以透过棚车侧面的缝隙看向外面。我们全都牢牢坐在地板上，等着炸弹直接轰炸到棚车上。

我等候着爆炸，心情如同在玩耍俄罗斯转盘赌，又好似在水下凝神闭气。轰炸会持续多长时间？有些炸弹爆炸之后，激起的炮弹碎片如同降雨一样溅落在车厢外部，声音如同抛出的沙砾。所有人都屏住了呼吸，有可能是最后的呼吸。那些巨大的炸弹可以毁掉与它们接触到的任何东西，包括人类的肉体。到现在为止，还没有人被击中；如果有人被击中，会发出凄厉的叫声。我猜想火车头早已躲藏起来，而我们却如同射击场里的鸭子坐在这里。那群混蛋！

我们自己的盟军正在轰炸我们。当然，他们的轰炸目标是火车修理场，而不是我们。那些可耻的德军本来可以让我们跟在火车头后，将整列火车驶进隧道的，这样我们就不用处在轰炸现场。我们全都经历过迫击炮和大炮的轰击，但无人真正遇到过空袭。爆炸的声响此刻远了一些，我的呼吸慢慢恢复正常，空袭也许结束了。我没有看到任何探照灯，也没有听到任何警报。炸弹肯定击中了这个火车中心的重要目标。轰炸还在继续，但肯定正在远离我们。夜晚再次安静下来。

轰炸的声响现在已经很远。有些可怜的家伙肯定已经吓得心跳过速；某处有人可能也像我们几分钟之前那样，正在胆战心惊地寻找藏身之所。如此可怕的毁灭行径中，某个地方的建筑正在遭受破坏，人们正在被压碎。妇女、儿童以及老人正在奄奄一息。世界的这一部分好像正在遭受毁灭。上帝今晚善待了我们，我低声祈祷，表示感激。也许，我又脏又累，内心恐惧，饥肠辘辘，但我仍然活着，可以面对新的一天，生存还在继续。我暗想：*我想完好无缺地回到家里。*

天色黑暗而静寂。一个声音在黑暗中说："不知道其他车厢里的人是否躲过了轰炸。"

"只有等天亮德国佬放我们出去时，我们才会知道。"我回答。

"也许他们会再次回来轰炸我们。"那个声音若有所思。

没有人回应。这是有原因的，许多人都在黑暗中祈祷。上帝正在接受坐在德国法兰克福的众多战俘在圣诞夜的祈祷。我的父母如果知道他们的孩子今晚在哪里，不知道会做何感想。

天色已亮，卫兵们纷纷走出藏身的处所。车厢门锁被打开，然后门开了。我们所有的人缓慢地鱼贯而出，踏上地面。一天二十四小时坐在棚车的地板上，极为折磨人。我们走动时，全都像年老体弱的老人；我们正在变成了这个样子。从棚车的这面来看，它没有受到破坏；我们不能去看另一面如何。棚车顶部有一点刮擦的痕迹，但没有孔。从我们这边数起的第三节车厢遭到了破坏。上面一部分被击碎。一名德国军医正在为几个受了轻伤的美国兵处理伤口。在卫兵严密的监视下，我们所有人解决内急。

我对身旁的那个人说："他们好像在害怕。"

"他们害怕的是飞机，不是我们；我们哪儿都去不了。我们在德国中部，根

第三章 棚车

本无法逃脱。"

卫兵允许我们在棚车门前的小区域内走动，这样可以缓解麻木的感觉。我对同伴说："他们害怕我们会袭击他们。"

"我愿意袭击这些混蛋，拿那些破枪抵着他们的屁股。"

"接下来怎么办？"

"不知道，不过那样做值得。"

今天早上，我们在外面逗留的时间比以往长。走出那个笼子，置身在开阔的地方，感觉相当惬意，我差点忘了今天是圣诞节。我宁愿在战场上，也不愿意被困在这里，至少，在战场上间或还有休息的时候，但目前这种状况只会一直持续下去。在感恩节的时候，我们吃了火鸡、土豆泥、肉汁以及蔬菜。这些食物由连部食堂的军士烹制，然后装在保温罐中送给我们。

我的胃开始咕咕咕地叫起来。

我最好想些其他事情，回忆以往吃过的东西没有任何帮助，只会让我感到懊悔。

我们究竟为什么不能炸掉乌日河上的那座桥？

我身旁的那个人说："他们没有必要打死我们，他们会把我们活活饿死。"

"闭嘴吧，这样的话对我们没有任何帮助。"

现在是十二月二十九号。我们被关在这个棚车内已经十天，但只吃过一次食物，就是我们六个人分吃瑞典红十字会送给我们的那箱食物。踏上这列火车的时候，我身上就没有什么肉，如今，我肯定瘦得像棚栏杆：一根十三天没有刮过胡子的人体棚栏杆。十三天的污垢令我直想吐，我觉得这种感觉可以用"比鲸鱼屎还要令人沮丧"来比喻。

这里涉及到的人都认为，缺乏食物会导致胃部缩小。如果胃部缩小，填满它就不需要那么多的食物。因此，按照这个理论继续下去，最终我们就不会感到饥饿，不会需要任何食物。这是一个伟大的理论，然而，人体需要营养维持基本的

杀向德国的血路：许特根森林和突出部战役

运行功能。到目前为止，每个人都说过他的母亲或者妻子曾经烹制过的菜肴，而且，他们还详细地描述了每道菜的味道。我们全都听厌了，所以一致同意不再继续这样的痴心妄想，因为它只会令事态更糟。只要有人再次开口提及食物，马上就会嘘声四起："闭嘴吧。"

战俘之间偶尔会有不同的看法，进而引起混战。这个场面有些荒谬，因为根本没有足够的空间允许任何一方大展拳脚攻击对方。于是，总会有一个体形较大的战犯对混战双方说：如果他们不罢手，他就会把他们两个都撂倒。这样的威胁显得特别可笑，因为大家都没有多余的力气动手。我们这才意识到自己的身体已经变得异常虚弱，显然，德军已经决定通过让我们挨饿的方式削弱我们的力量。如此一来，我们就不会给他们带来任何麻烦，不会有人从这列火车逃走。

火车停了。一个声音说："牌子上只写着'巴德奥布'，鬼知道那是什么意思。"

这是火车停靠的第一个城镇，也许，我们已经到达了目的地。只要不在这个该死的棚车里挨饿，任何事情都可以。现在是十二月二十九日早上七点半，门闩被移开，车厢门开了。我们像一群牛一样挤了出去。的确，牌子上写着巴德奥布。

这个砖红色的火车站令人惊讶，有着明亮红绿镶边的建筑相当漂亮，放在圣诞树下一定十分可爱。手推车整齐地排列在外面，准备接纳平时来往旅客的行李。这里风景如画，没有普通民众生活中川流不息的交通状况，唯一破坏这个宁静场面的是德国士兵。这些人正在参战。

第四章　第九战俘营B区，巴德奥布

1944年12月29日

我们四人一组，排成纵队；火车上的卫兵不见了。这里看管战俘的卫兵穿着整洁漂亮的制服，非常容易找到。他们表现得井然有序，按准军事要求准确地履行自己的职责。我最后一次看了一眼那些可憎的棚车，却没有看到关了我十几天的那一节。

"一步一步慢慢走。"我告诉我班里的战友们，"睁大眼睛，闭上嘴巴，不要惹事。"

德国士兵发出了前进的命令，我们开步走。身着蓝色或黑色制服的二等兵和士官头上戴着美式卫成部队帽。我们的样子一定很像比尔·莫尔丁（Bill Mauldin）拍摄的卡通片里的人物威利和乔，不知道德军是否读过《星条旗》（Stars and Stripes）。显然，我们距离战区相当远，因为没有看见钢盔。

我的班里有几个成员具有一定的德语水平，会说德语，也能听懂德语。通过他们，我得到了一些零零碎碎的信息。他们在想办法和德国卫兵搭话。如果我们想活着回去，我需要一切能够得到的信息。

"这里是巴德奥布，在和平时期是一个旅游城镇，以具有疗养功能的水域而闻名。"一个步兵说。我们在这座小镇上继续前进时，我走到了远离卫兵的方队中间。我清晰地记得第一批卫兵是如何掠夺我们的，不过，我还穿着自己的鞋子，戴着自己的手表，我想一直保有它们。

我那些会说德语的同志们在方队外部，距离卫兵较近。德军喜欢美国香烟，

杀向德国的血路：许特根森林和突出部战役

与他们搭讪的最简单的办法就是给他一根。意想不到的是，居然会有那么多香烟在我们之间流通。我不吸烟，所以一根都没有。我们离开镇边，沿着一条碎石路向山上爬去。

我心里正盘旋着"这条碎石路令我想到了家乡"这个念头时，一群学生从我们旁边经过，走向另一个方向。他们大约七八岁的样子，背着装有课本的背包。我心中暗想：我们小时候为什么不够聪明，没像他们那样背着书呢？他们向我们的卫兵挥手致意，但转向我们的目光中充满了疑惑。他们看起来身体健康，吃得不错，而且聪明伶俐。显然，他们年龄太小，还不能参军。但愿战争结束的时候，他们仍然不能参军，不会因此丧命或者四肢不全。我们在白雪覆盖的松树之间继续爬山。天气寒冷，我的胃疼了起来。我心存疑惑，不知道我们要到哪里去。

我就着水壶大口喝水的时候，暗自庆幸自己随身带了这个。这里肯定就是战俘营，样子丑陋，一扇装着带刺铁丝网的大门挡住了我们的路。外面的围墙看样子有十二英尺高，与第二道同样高度的围墙之间大约有十二英尺的距离。里面的围墙全部是带刺的铁丝网。我们停在一间小小的木质警卫室旁。我们的卫兵在同门卫交谈。这点和美军完全一样，匆匆而来，却必须等待。我们在山顶上，感觉冷了许多。

"家，甜蜜的家。"约翰说。我班里的所有成员都在近旁。

德军或许不是这次遭遇中难对付的。战俘生活将成为一场对生存能力的考验，看看谁能够活着离开这一切。不要相信任何人，这些步兵是人类的典型代表：有些人品优秀，有些道德败坏，还有一些介于两者之间。我们紧密地团结在一起，相互帮助，只有这样，我们才会有比大多数人更好的机会。

塔楼中看管战俘的卫兵戴着钢盔，一副公事公办的样子。我们走进营房中。带刺的铁丝网和端着机关枪的塔楼卫兵令我们想起了自己的身份，想起了自己身在何处。我心中涌起不祥的预感，这里会有坏事发生。

我看到一侧远些的地方，一位美国上校和其他几名军官正在和几名德国军官

第四章 第九战俘营B区,巴德奥布

交谈。那些美国军官会是我们的团级指挥官吗?我们按照命令,走进一座又空又冷的建筑内,卫兵带领我们来到一堆毛毯前。我们排成一列纵队从旁边走过,每人领到两张毯子,一张用来盖在身上,一张用来垫在身下。这些毛毯有许多地方破损,很可能是丢弃不用的东西,但总比我们在火车上的待遇好。不知道谁以前用过它们。我们对视一眼,心中都在想:在我们之前用过这些毛毯的人如今在哪里?

"床在哪儿?"

"没有床,我们得睡在地上。"

我们一帮人占住了墙壁旁边的地方。

"这里比较安全,我们的后面没有人。"我告诉他们。我们摘掉头盔,但是头上仍旧戴着编织的软帽。房间的另一边闹哄哄的。"待在这儿。"说完,我走了过去。

原来他们在激动地玩双骰儿。步兵们赌咒发誓,骂声连连,疯了一样将钱扔得到处都是:法国法郎、德国马克、英国英镑,当然还有美元。大概有三十个步兵,现在,他们正拿出手表和金戒指,想卖掉之后充当赌资。美国人的聪明才智在这里发挥到了极致,整个场面如同一家当铺刚刚开业。我们这群人都没有足够的钱来赌博。

我走回我们那边。约翰和班里的其他成员正在讨论最新消息,好像我们之中有个人的祖父母住在巴德奥布的山脚下。他正在对班里的人说,我们现在的处境已经让他受够了。

"我要回到祖父母的身边,我不想继续留在这里了。"他走到卫兵身边,用德语和他交谈,然后他们一起出了门。

之后,我们再也没看到过他。奇怪。

天色刚刚开始变暗,我们就接到命令到外面去,排成一列纵队领饭。

我们大部分人用自己的头盔或者水壶上的盖子盛汤,以及收放面包片。汤和水差不多,水面漂着几片脱水的叶子,水里没有肉。这算不上汤,但却是温的,

杀向德国的血路：许特根森林和突出部战役

面包是黑的。我们全都狼吞虎咽地吃掉了这些东西，仿佛是妈妈在家里为我们烹制的饭菜。自圣诞节之后，我们还没有吃过东西。明天是新年前夜。我们得到一杯热乎乎的黑色饮料，然后将它倒进了自己的水壶盖里。吃东西的感觉真好。这种饮料味道古怪，是用菊苣制成的咖啡替代品，它受到了大家的欢迎。我们得到允许，可以从唯一的水龙头那里将自己的水壶灌满。随后，我们在居住的房子外面发现了公共厕所。在漆黑的夜色中，我们没有看到其他任何东西。

灯熄灭了，双骰儿赌博游戏也随之结束，我们躺下来睡觉。这比被关在那个冷飕飕的棚车里挨饿强。现在，我们可以伸直双腿平躺下来，感觉棒极了。我们已经十天没有伸直双腿躺下来过。我们将鞋子系在脖子上，防止被偷。头盔成了非常有用的同伴，我们就像用碗一样用它盛饭吃，将它当作凳子坐在上面，还将它翻过来用作枕头，在战场上，它还可以保护我们。无论它的设计者是谁，他都做出了巨大的贡献，我感谢他。外面肯定很冷，我紧紧地缩在毯子里，呼啸的寒风恨不得将我吸进黑暗中。

早上八点钟是点名的时间。教导即将开始，我们全部走到战俘营中央的空地上。我们排成阅兵方队，站在一英尺深的雪中。双方军队的军事纪律肯定相同：准时起床。

战俘营的司令官首先被介绍给我们。他穿着灰色制服，气宇轩昂。我想起我看到的第一名德国军官也是穿着灰色制服。

第四章 第九战俘营B区,巴德奥布

> 1944年10月初,许特根森林

我在一棵树旁看到了被自己击毙的第一名德军。他穿着整洁的灰色军官制服,冰冷如石的尸体如同蜡像馆中的人物。他一头金发,长相英俊,脸上刮得干干净净。他在三十五岁左右,很可能出身上流家庭或者贵族。他们怎么能保持如此整洁?仰面躺着的他似乎在小憩,我期望他睁开眼睛坐起来,但他没有。

他的帽子放在旁边,仿佛刚刚掉下来。我并没有为他感到难过,因为他是敌人,他只是又一个我们不得不击毙的人。他脚上那双锃亮的靴子两侧有一点灰尘。他身上没有受伤的痕迹,一定是从背后被击中,或者受到冲击而死的。我心里暗想:哦,从近处看他们,就是这个样子。不知道他的家人是否清楚他在哪里。有人刚刚失去了父亲,或者丈夫。我的祖母是从德国移民来的,我们之间会有关系吗?在我跟着前面的人继续深入森林时,脑中一直盘旋着这些想法。

杀向德国的血路：许特根森林和突出部战役

巴德奥布

这名德国军官看起来也吃得很好。他能够讲一口漂亮的英语，不需要翻译。他五十岁左右，一定是因为犯了可怕的错误才被派到这里的。我觉得德国人将能够找到的所有长相好的人都派来打仗了。不用参加战斗，他也许会感到高兴。

"这里是苦役营，是关押无法遵守战俘营规章制度的战俘的。所有刚到的美国战俘将被分成三组。军官、士官以及二等兵会被拘禁在不同的营房中。这里不会留下任何人。"

离开之前，我们一天可以吃到早晚两餐饭，并住在这些房子中。一旦能够转运，我们就会马上被送到长期的营地去。

我们齐步回到房子旁，我借机看了看四周。这里阴沉沉的，警戒塔分布均匀，可以互相掩护，与我之前提到的德军在齐格弗里德战线碉堡的布置如出一辙。德国人是一个一丝不苟遵守纪律的种族；然而，我不喜欢他们，尽管我继承了百分之七十五的德国血统。

外面正在下雪。除了早上的咖啡替代品菊苣外，步兵还抬进房内一些巨大的木盆。我们排成一列纵队，然后，一名步兵将温热的菊苣倒入我的水壶盖中。我们喝得很慢，因为我们只有这么一点。同送咖啡的杂役一起来的两名卫兵肩上扛着手动来复枪。卫兵和杂役走了。没有人提起那名前去祖父母家的步兵，也没有人关心。

我们得到允许，可以在外面走动。我们可以用来御寒的只有身上的野战服。软帽戴着暖和，我们还随身带着头盔，以免被盗。昨晚发生了几起互殴事件，但没有人注意。我们肯定是在一座山顶上。这里白雪覆盖，长满了松树，和许特根森林非常相像，我无法忘记那个地方。我们回到建筑内；这里稍微暖和一些，但没有炉子取暖，只是因为人多而温度略高。我在心中暗想：今天如果是在散兵坑里等着德国佬的进攻，会感觉更冷，会有更多的人牺牲或者受伤。我们的这一天就在说话与睡觉中度过。地板硬邦邦的,温度也越来越低。我的屁股肯定越来越小。提到屁股,我不由想起了那次滑下山坡的情景。

杀向德国的血路：许特根森林和突出部战役

> 1944年11月初，许特根森林

我爬出驻守的散兵坑解决内急。四周一片死寂，八英寸厚的雪如同毯子一样盖住了地面，同时也堆积在树干上；世界万物全都隐在白雪之下，清新而干净。白茫茫的一片，掩盖了战争的丑恶。时间将近中午，德军那方没有任何动静。阳光照射在林间，映在皑皑白雪上，明亮耀眼，令我眯起了眼睛。我走向最近的那棵树。直觉告诉我，不要在开阔的地方撒尿，应该到树下。我的小弟弟悬在外面，我觉得自己暴露了，好像会有人要用枪将它打下来。那样做的话，就太卑鄙了，难道还有特别奖章颁发给击中小弟弟的人吗？假如有射击小弟弟的训练，和印第安人战争时期猎回头皮的举动有何区别？印第安人将头皮悬挂在一根杆子上，如同一枚荣誉勋章，他们会把小弟弟悬挂在哪里？

噢噢，那边有东西在动。

这片森林里没有动物，它们已经消失很长时间了。只能是德国佬，因为我的散兵坑在前锋的位置。这意味着德军和我之间没有任何阻碍。

我抓起倚在树上的来复枪，打开保险，稍微离开那棵树，以免视线被挡。我没有扣上纽扣盖。小弟弟在我的裤内，不会被射下来。

他在那儿，那棵树后，他没有看见我。我举起了来复枪，他的肩膀出现在我的瞄准器中。我向他开火，但他在动，我没有打中他。接着，我听到了另一声枪响，但它没有打中我，而是打到了树上，子弹是从另一边过来的。现在他们有两个人，正往反方向走。又出现了一名德军。我必须小心谨慎，这三个人可能给我找麻烦。他们翻过小山，脱离了我的瞄准范围，我看不到他们了。

我心情亢奋地穿过森林，越过白雪，来到小山顶部。树木非常浓密，挡住了我的视线，因此无法开枪。在雪中跋涉下山相当麻烦，有一个更快捷的办法。

我毫不犹豫地一屁股坐在雪地上，开始往山下滑动。我坐着滑行，我的来复枪枪口朝前。这样挺有意思的，就像在滑雪橇。我知道，我向山下滑动的速度比

第四章 第九战俘营B区,巴德奥布

德国佬下山的速度快,而且快得多。如果那三个德国佬决定停下脚步朝我开枪,会有什么后果?想到这里,我急忙抓住经过的第一棵树,打了个转停下来,打起精神。一时间,我忘记了这是战争,那些人是想伤害我的坏蛋。兴奋起来,我竟然忘了常识。

没有德军的踪迹。原来这是一座高山。此刻,他们已经走远,徒步爬到山顶,速度缓慢,耗时很长,但抵达山脚则非常快速。我很高兴他们没有折回来把我干掉,这不是我第一次感恩。最近,似乎有什么东西在监视我,我不知道它会持续多久。

我动身返回小山丘上。积雪太多,我只能慢慢爬上去。那些德国佬正在进行侦察巡逻,想确定我们的前线所在,现在他们得到了答案,而且,他们还知道了我的位置。我敢打赌,那三个家伙正在为自己可以安然脱身而高兴,我也如此。在我经历这次遭遇的期间,我在散兵坑里的同伴可能一直在睡觉。他需要睡眠。

我扣上我的纽扣盖。

杀向德国的血路：许特根森林和突出部战役

巴德奥布

下午五点钟，夜幕已经开始降临。我们排成一列纵队走向食堂，领取分配给我们的食物。这里一定有五百名左右的美国士兵。今天的食物和昨天的相同，漂着干菜叶的汤水和一片面包。厨房的门开着，里面有个屠夫正在切肉，我们每个人都看到了。他站在菜板前，正在用切肉刀剁着厚厚的一大块肉。我们没有分到肉；有人分到了，但不是我们。

一名步兵大声说："我们怎么没有肉？"

卫兵命令他安静。我们继续排成纵队往前走，回到自己的住处吃晚饭。

"那个穿着坦克兵军服的大嗓门会有麻烦。"

果然如此。

第二天早上，送咖啡的人来了。这一天又从早餐温热的菊苣开始了。正当我将鼻子靠近杯口闻着菊苣的香气时，一个洪亮清晰的美国口音响起。

"大家注意了。"

我们全都抬起头，看到了他：一个长相英俊的家伙，身着带有毛领的黑色皮外套，头上是一顶黑色皮帽，脸上刮得干干净净，蓄着精致的小胡子。难以相信，在这些邋里邋遢的美国战俘中间，他怎么能如此好看？他接着说，他是某某师某某连的某某军士。

"我担任你们的翻译，并负责你们与这里的司令官之间的沟通，来自你们的任何信息都将由我转达给德军。我同德军住在卫兵营房里，每天早上我都会来见你们，发布通知，听取你们想转达给司令官的话。你们还有问题吗？"

他的最后一句话引起了我们的注意。人群立刻混乱起来，所有的人都在同一时间张口大声询问。

"哪里有像样的饭菜？"

"睡觉的床在哪里？"

第四章　第九战俘营B区，巴德奥布

"怎么没有小卖部？"

"这里怎么没有供热？"

"我们什么时候离开这个鬼地方？"

"我们究竟在哪里？"

于是，这个人解释说，这些临时住处的状况不会改变，但我们终究会乘船到长期战俘营去。德军自己和我们的食物都非常少，他们没料到我们会来这里。在我们到达长期战俘营之前，一切都不会改变。没人相信这个家伙是美国士兵，这只是德军的把戏。如果他是美国人，那么肯定与德军串通好了。他身体健康，衣服奢华，因此非常可疑。他似乎有足够的东西吃。我们所有人都认为他是假冒的。

正在那时，门突然开了，三名卫兵持着冲锋枪走进来，严阵以待。

"出去列队。"我们的新翻译厉声说。

"究竟出什么事了？"我旁边的人问，"我们这是要去哪儿？"我们踏步走到一个宽阔的足球场。

"看样子又要讲话了。"声音从我身后传来，我有些担心。德国佬命令我们在农舍旁列队的时候，我就有类似的感觉。我心里觉得气氛不对，我不喜欢列队。我们排好队，齐步走，立定，向右转，面向德军。

机关枪正对着我们，一名德国佬在它后面，另一个手里托着弹药带。我对身旁的人说："他们想要什么东西，否则早就把我们枪毙了。"

我们的新翻译没有和我们站在一起，那个混蛋和德国佬站在一起。

德国军官说："两两报数。"

我们照办。"一，二，一，二，"响遍整个队列。我站在第二排，我是一。

第二道命令传达下来："报一的全体向前五步走。"

报一的所有人向前走了五步。我所在的第一排与机关枪之间的距离拉近了十五英尺，气氛开始严肃起来。报一的所有人现在站成了一条直线，在其余队列前方大约十五英尺处。我们保持立正的姿势。我低头看着机关枪的枪筒，它就在我们前面十五英尺的地方。机关枪手直视着我们这排的中央，我就站在中央，他闭着双眼也能够将我们击倒。

军官又开口了："昨晚，一名美国战俘闯入厨房，杀了在那儿工作的一名德国人。这名德国士兵是被切肉刀砍死的。一名美国战俘犯下了谋杀罪，这不是战争行为。你们有些人知道这件事。走上前，指出凶手。你们有三分钟的时间出来指认。如果没人上前，机关枪就会向第一排战俘开火。如果到时还没有人回应，机关枪就会射击其余所有人。你们自己决定吧。"

一丝声音都没有。我抬起头，看着正在变黑的天空。太阳不见了，仿佛是为了躲开即将发生的骇人行为。寒冷的西风呼呼地吹着，如同不祥的预兆，令人感到威胁的寂静持续着，时间仿佛已经停止。几百个人即将在这里死去。我想：我们现在是孤家寡人，没有人能来帮助我们。曾经也处在这种境地的其他人，最后一刻会想些什么呢？原来要被处死的感觉就是这样。我们根本没有救援。死在战场上是一回事，但这种死法太不值得。坏人应该被处死，可我一辈子都是好人，这是不合理的。我的生命掌握在这个德国人的手中。我想看看他站在我这个位置的反应。这个德国佬想从我们这里逼供，但如果根本没有人知道，又会如何？我就不知道，我甚至不知道这起谋杀事件，更别提元凶了。人总有一死，不论是在战争中，还是在和平时期，但不能这样死去。混蛋，这样的事情不应该发生。

突然，两名卫兵跑过来，手中还挥动着一块布，身后跟着两条大猎犬。大猎犬跑到一名美国战俘前，狂吠不止，上下跳动。卫兵抓住这名战俘，将他带到军官面前。他们很快带着他离开了。我们仿佛被施了魔咒，全都目瞪口呆，难以相信。我们全都正在以各自的方式准备面对死亡，它现在却结束了，我们可以活下去了。一切发生得如此迅速，令人难以置信。我愣在那里，心中五味杂陈，难以名状。

"解散。"

我站在那里看着卫兵拿起机关枪走开，感到精疲力竭。德国士兵转身离去，我们解散队形，慢慢走向住处。没有人说话，每个人都沉浸在自己的思绪中，没

第四章 第九战俘营B区，巴德奥布

有人听到寒风穿过松树的低语声；没有人介意走在齐膝高的深雪中。每个人都低着头，没有注意到此时的天空一片蔚蓝，太阳再次照耀在我们头上。乌云已经散去。

我班里会说德语的战友告诉了我刚刚听到的消息。他用几根香烟从一名卫兵那里套取到了事情的梗概。"那个笨蛋闯入厨房，显然也是看到了我们看到的那块正被切剁的肉。他就是那个大声嚷嚷没肉的那个家伙。

"他和那个卫兵打起来，卫兵败了，凶器就是切肉刀。"

"我不同情他，只感到厌恶。"我说。

因为他一个人，我们差点全被处死。我们所有人站在阅兵场上的时候，卫兵带着猎犬搜索了我们所在的建筑，他们找到了血衣。故事的其余部分就发生在我们大家眼前。我们得到通知，罪犯会被立刻枪毙。我们现在才明白，我们的生命多么廉价，我们距离死神有多么近。我们的生命毫无价值——想到这点就令人绝望。我们的一切取决于俘获我们的人。今天发生的事情可能还会再次出现。

我们在这里已经六天了。军官们已经被运到专门关押他们的战俘营，也可能是其他任何地方，反正他们要在那里度过战争剩下来的日子。这天早上，我们的翻译出现的时候，第一次没有刮净脸，没有穿着漂亮的衣服，不过没有人去注意。双骰儿赌博的参与者已经变少，大概五个人。扑克牌游戏整天都在进行。打扑克牌的人对各种钱币的换算能力强于赌双骰儿的人。没有人再信任他人。昨晚，一名战俘大吵大闹，因为有人偷了他储藏的面包。这件事本身就够滑稽，因为我们吃的东西少得可怜，怎么会有人能够忍住不去吃仅有的一点食物呢？

今天早上卫兵告诉我们，需要志愿者参加伐木。好像因为没有煤炭，德国佬只能用木柴作为燃料。志愿者工作一整天，可以获得三份卫兵吃的炖菜作为报酬。我报了名，班上的其他成员也报了名。做伐木工至少可以令生活不再那么单调，而且我们能吃下任何可以得到的食物。我们要在黎明前离开，在乡间步行。

天色还是黑乎乎的，我们就被叫醒。天气很冷，风已经开始吹起。我们在厨房前停下，拿到了咖啡和一片面包，这已经比从前好些了。志愿参加伐木的人有二十四个。我们一个接一个地在黑暗中吃力地缓慢行进。雪肯定下了整整一个晚上，积雪已经没过我们的膝盖。在森林中跋涉了一个小时后，我们终于到达目的地。树木大都是松树，此外还有一些阔叶树。卫兵将工具发给我们。我们有长柄斧、短柄斧、锯子以及大锤。卫兵向我们那位会说德语的同志说明了要做的事情，然后我们的同志向我们转述。

我们两人一组。两个人用斧头砍倒树木，除去所有的树枝，将树干按照规定的长度锯成几段，然后再将它们劈开。接着，这些木柴会被堆成堆。这项工作对我来说是全新的，但我到死都记得一根木柴的尺寸：八英尺长，四英尺宽，四英尺高。

我们开始伐木时，灰色的曙光已经被日光代替。温度依然很低，所以我们不停地动作。如果战俘的动作慢下来，卫兵马上就会出现，用来复枪的枪托给他增加动力。虽然我刚开始的时候还戴着头盔，但很快就把它摘掉了，戴在头上太重了。我们全都戴着步兵手套。我感觉到自己的双手起水泡了。我们偶尔休息一会儿。我逐渐掌握了斧头的使用。锯子的使用更容易一些。用大锤和楔子劈开原木，是一项非常艰难的工作。尽管天气酷冷，我们全都大汗淋漓。我们正在赚取自己的面包。

中午，我们停止干活，吃了点东西。炖菜很好，有肉、蔬菜以及土豆。我们每人的水壶盖都被装得满满的。自从被俘以来，这是我吃过的唯一像样的饭。难怪卫兵们看起来个个身体健康。我们都庆幸报名参加了伐木。

午餐之后，又开始工作。一堆堆的木柴开始出现。德军肯定要用大量的木柴，这座森林里树木繁茂。下午，我们的速度全都开始降低，停下来休息的次数多了起来。卫兵们非常清楚我们的日常饮食。他们也知道，那样的饮食已经削弱了我们的身体，逃跑的可能性也相应降低了。

天色越来越黑。我们将工具堆好，然后穿过森林返回营地。路上没有发生意外事件，我们全都还记得昨天被处死的那个人。

回去的路上花费的时间更长。我们疲惫地在深及大腿的积雪中迈着沉重的脚

第四章　第九战俘营B区,巴德奥布

步艰难前行。德国佬的钱今天花得非常值。我们在厨房门口停下来,又领到一水壶盖相同的炖菜,我们在回住处的路上就把它吃掉了。

两顿饱餐令我们觉得这趟没有白跑,这样的食物意义非凡。

第二天早上,我们排队领取咖啡时,发生了一些变化,翻译没有出现。这是他第二次没在早上出现了。卫兵在和我那位会讲德语的同志说话。随后,我的这位同志转向我。

"我们的翻译两天前被枪毙了,德军在他的床垫下发现了炸药。"他说,"德军好像在对卫兵的营房进行突击检查。他们对他的房间也进行了例行检查,然后就发现了。他们根本不明白他要用炸药来干什么。"

加上翻译,总共有三个美国人已经离开了我们。每次处决都是因为完全不同的事件。我们怎么可能预知这些奇怪的事件呢?接下来,又会发生什么?

我对翻译感到有些愧疚,他的确是美国人。我不知道他会用炸药来干什么。也许,他可能会成为朋友。我也想知道祖父母是德国人的那位美国人现在哪里。

这是第七天。

卫兵走进了我们的住处。"所有士官立刻到外面报到。"

我们一群人聚到外面。德军安排我们走出大门,然后下山到火车站去。我们马上就要离开。我班上的成员涌出房子。

"你不能离开我们。"

"我没有选择。"我回答。我们站在那里相互看着彼此,心中很难过。"你们都是优秀的士兵。你们和我一起并肩作战,令我感到自豪。"我接着说,"我们都能够坚持下去,完好无缺地回到家乡。"

这是一个尴尬的时刻,但同时又非常宝贵。我的喉头哽住了,我还没有为此做好准备,因此感到难受,我觉得我应该留下来保护他们。没有人想握手,我伸出双臂,拥抱他们每一个人,我们的眼中都含着泪水,然后我就走了。我们同甘共苦,一起经历了那么多,现在仍然活着。我后来再也没有看到过他们。

瑞典红十字会为战俘提供了明信片邮给远在美国的家人,这是他们与外界的唯一联系,因此,他们十分感激瑞典人。1945年5月,梅勒从欧洲返回家中之后,他母亲才收到这张明信片。

第五章　第九战俘营，齐根海恩

头顶，低矮的灰蓝色天空中乌云密布，仿佛要笼罩住眼前这黑暗邪恶的画面，不让世人看到。这座阴暗可憎的建筑无处不透露出丑恶的样子，令我打了一个哆嗦。它如同一个架着枪炮拉着带刺铁丝网的巨大狗窝，一个避之唯恐不及地方，我却正在走进去。它就是战俘营。

走进大门之后，我们发现卫兵中既有德国士兵也有平民。士兵身穿绿色制服，皮带上挎着手枪；平民挎着手动来复枪，看样子是一战时期出产的。

"我怀疑那些老旧的来复枪是否真的能用。"我身后的人说。

"你不会想去弄清楚的。"一个声音嘀咕道。

"幸好他们拿的不是冲锋枪。"我接着说。

有些士兵身有残疾，有些年纪较大，应该是参加过一战的老兵，也许他们认识我父亲。靠后面的是平民卫兵，都已经上了年纪，与我们在巴德奥布看见的一样。我们停住脚步，押送我们的卫兵将我们移交给战俘营里的卫兵。然后，我们穿过大门，走出二十英尺的距离，到了下一扇大门旁。我们从巴德奥布乘坐了两个小时的卡车来到这里，这可能是我们最后一次乘坐交通工具。

这道大门实际上就是一个带有木框的铁丝栅栏，大约十五英尺高。它的外面有一间卫兵室。这道大门看上去像是两扇合到一起的小门，两边是双层带刺铁丝网栅栏，大约十二英尺高，无限延伸，消失在视线之外。

我慢慢走着，对这一切越来越厌恶，我想做些什么。阴暗寒冷的一月令人感到压抑，连刺骨的冷风里也弥漫着一股霉味。这些建筑似乎已经建造了很长时间，很可能是军营。整片区域四周环绕着农田，最近的森林大约在半英里外。从这里可以看到齐根海恩镇的边缘，全部是开阔的土地，距离这里肯定有一英里左右。我怀疑住在那些房子里的人过得不比我好。他们明白未来将会带给他们什么吗？

警戒塔耸立在栅栏上方，卫兵如同贪婪的黑色秃鹰俯瞰着我们，好像我们是新的目标。每一个警戒塔都有标准配置的士兵和机关枪。这里的建筑与巴德奥布的不同，它们结构相似，分布均匀，位置遵循严格的几何顺序，每两个一组，被栅栏围住，与旁边的两个隔开。这些建筑如果曾经粉刷过，也一定是许久以前的事情了。它们的这些特点与美国步兵基础训练营的营房相似，只有营房与牢牢锁住的大门之间隔着的带刺铁丝网栅栏不同。这里一定还有其他战俘；我对他们的国籍有些好奇。我敢打赌，这里一定有美国人。

我现在独身一人，以前班上的成员也都被送到了某个地方的战俘营。没有了他们，我必须学会德语，或者依靠他人。这种状况将会非常艰难，直到我找到能够信任的人。我们全都是士官，来自各处。有步兵、坦克兵、炮兵、反坦克兵、情报人员、伙头军、职员、卡车司机、工程师，还有供需人员、侦察人员以及通讯人员。这里就是美国陆军的一个缩影；所有人都在努力活着，等候战争结束。有些人经历过战争，有些人连枪都没有摸过。我们有一个共同点：我们全都身心疲惫，蓬头垢面，忍饥挨饿，但却记挂着回家。

我们走在主道上，两旁皆是用围栏隔开的营房。视线所及之处全都是土地，没有铺就的路面。围栏就在街边。法国士兵隔着他们面向街道的栅栏与我们交谈。法语优雅动听，他们想要美国香烟。我有些纳闷：*他们穿着十分考究。他们是如何保持如此整洁的呢？* 一群人扛着镐和铁锹从我们身旁经过。这些人浑身上下脏乱不堪，听口音是苏联人。

我问德国卫兵："苏联人？"

"对。"

第五章 第九战俘营，齐根海恩

我们在巴德奥布从来没有见过苏联人以及其他国家的人，德军把他们关押在哪里？我们听说，苏联人被看管得非常严密。

我们的队伍停下了。我们中的一部分人左转穿过一道围栏门，进入平房构成的营区，然后走进房内。我们沿着镶有窗户的墙壁走着，对面是三层的架子床，从一边的墙壁一直排到了另一面墙壁。我抢了一个上铺。我觉得床铺越高，就会越暖和。这里非常冷，根本没有取暖设备。木架床上有一些木板，支撑着一个六英尺长的袋子，里面塞满了细刨花。这些东西本是用来填充板条箱的。铺位上放着两张破旧的毯子，不知道在我之前，谁曾经在这里睡过，他现在又去了哪里。

"这比睡在地上强。"我对旁边的人说。

"也比火车上好。"他回答。

"法国人有香烟。"有个人大声说。众人纷纷走到外面的围栏旁。我不吸烟，所以继续在房内走动。窗户上都装有带刺铁丝网。有的窗户上的玻璃仍在，有的窗户已被木板遮住。营房中间有一个小铁炉，状如坛子。旁边是一个小煤炭桶，但里面空空如也。炉子里也没有任何东西。寒冷的房内弥漫着难闻的气味，而且光线阴暗。我的肚子咕咕叫起来。

接下来就是厕所，有一些有点像洗脸盆的金属水槽，中央有一个水龙头。这个水龙头可以用，但流出的水和其他的所有东西一样冰冷。脚下是水泥地面。这就是霉味弥漫、光线昏暗的营房全貌。透过窗户，我可以看到外屋；那里倒是不错。我真想一脚踹死那个带有布鲁克林口音的德军审讯官。他对我说过什么？两个人住一个房间，一日三餐。我透过窗户看到了隔壁的营房。我们的围栏外是一条狭窄的街道，街道另一边有一座长长的建筑，与我们这个相似，只是它的一侧带有走廊，而且是有顶的走廊。忽然，不知从哪里传来一声"*Bonjour*"（法语，"你好"）。我看了看，发现了他：脸庞黝黑，穿着一件汗衫和某种制服的裤子。

他站在走廊上，正对着我微笑。我心想：*也许这就是甘加丁*（Gunga Din）（同名电影中的主人公，电影中译名《古庙战茄声》）?

多么美好的一幕！令人难以置信。已经有几个月没人对着我笑过了，我几乎已经忘记有人对我微笑的感觉。我脸上浮起大大的笑容，然后说："*Parlez-vous francais（你会说法语吗）*？"他说了一大串法语句子。我不好意思地笑了笑，然后问他："你会说英语吗？"

"噢，当然，我在这个战俘营里已经学会说英语了。我的发音怎么样？"

"不错，你在这里多久了？"

他的目光在走廊上转了一圈儿，然后回答："从1939年我在北非被俘开始。"

"你已经在这里五年了？"

"是啊。"他回答，"我那时十七岁。"他接着又说："我家在南非的布隆方丹。"他名叫西蒙·莫霍洛（Simon Moholo），下士，曾是法裔非洲陆军（The French African Army）的步兵和步枪手。我用手指拨弄着野战夹克口袋里的D棒。我想：这是我的最后一根D棒。如果我吃了它，以后还会想吃更多的巧克力，但以后不会有巧克力了。何不将它送给他呢？

"我要扔一样东西给你，你会喜欢的。能接住吗？"

"我是一个优秀的接球手。"我将D棒从开着的铁丝网窗户扔了出去。我们之间的距离大约有四十英尺，如果他接不住的话就糟了。他大声笑了，然后说："什么东西？"

"打开，咬一口。"我大声喊道。

他按照我说的做了，然后说："是巧克力。"我仔细向他说明了那是什么。然后，他说："我很多年没有吃过巧克力了。谢谢。"

我们两个站在那里，面带笑容看着彼此，感觉很棒。

"你是美国人？"他问。我点了点头。"很好。这意味着我们在这里的时间不会太长了。德国人害怕你们的军队。"我告诉他，很高兴听到他这样说。他接着说："平民卫兵敌意很强，因为轰炸事件，平民憎恨美国人。但原本是士兵的卫兵不一样，他们只希望战争快点结束。"

他继续对我说，如果我能保证将饭盆给他，他会偷偷给我带些食物。每天下午，各营房的战俘会到厨房领汤。在营房将汤分完后，战俘就将空盆还回去。他会从走廊经过，在那里给我一个德军的餐盒，里面盛着卫兵吃的炖菜。第二天，我用同样的方式归还空餐盒。

"我就在这里的厨房工作；你运气好，刚好住在隔壁。"我衷心地感谢了他。他接着说，"把餐盒藏在衣服下，别让人看见；万一碰上残忍的卫兵就糟了。"我走回营房时，用手指摸了摸悬挂在脖子上的耶稣受难十字架。

杀向德国的血路：许特根森林和突出部战役

> 9月下旬，比利时

我们不再继续乘坐卡车，分成两列，分别走在土路的两边，徒步向前线进发。这条路相当平坦，行走容易。我们是步兵，接受的就是徒步行走的训练，乘坐卡车就是难得的度假。在走向宿命的路上，我的心情十分沉重，等在我前面的不知道是什么。我们在乡间，到处都是田野、农场以及林区，非常漂亮，而且干净。现在是秋季，天气宜人，叶子正在变成各种漂亮的颜色，就像在我们的家乡一样。这里没有战争。

我还会再看到自己的家乡吗？我会被埋葬在这里吗？这里非常适合与女友在野餐前散步，但这不是去野餐，我也没有看到过女孩子。虽然我们没有看见战争，但我们的行装都是为了战争而备，我们背着鼓囊囊的野战背包、来复枪、弹药带、手榴弹以及钢盔。我们全都开始精神紧张，想着接下来会遇到什么。步兵只有在害怕或者受伤的时候，才会沉默，现在没人受伤，可大家都沉默不语。

当我向土路的转弯处走去的时候，看到左侧远处的林区有一座教堂。我不假思索地转身离开队列，朝着那个方向独自走过去。我的双脚带着我来到教堂前面。一位牧师站在教堂的台阶上，似乎正在等我。

"Bonjour（你好）。"他和我打招呼。

"Bonjour。"我答道，"Parlez-vous anglais（你会说英语吗）？"

"当然，我可以为你祷告吗？"

"多谢。"

于是，他用法语为我祈祷，然后递给我一个银质耶稣受难十字架。我将它串在我脖子上挂着的链子上，与圣克里斯托弗奖章在一起。然后，我发誓决不从银链上摘掉这个耶稣受难像，会一直戴着它进入坟墓，无论我的坟墓在哪里。

我向牧师表示感谢之后,匆忙赶上我所在的那列队伍,同时暗暗希望自己能够报答他带给我的这种美好感觉,我始终记得牧师的善行。当我加快脚步追赶部队时,我的自我感觉好些了,心中强烈的忧虑感正在逐渐消失;我已更加坚强,可以应对未来发生的事情。

杀向德国的血路：许特根森林和突出部战役

齐根海恩

战俘们正在返回营房，他们的声音嘈杂喧闹。我向我的新朋友挥手再见，真是太幸运了！我跳上我的铺位，告诫任何可能的入侵者这是属于我的。自从被俘以来，我第一次感觉好些了。我现在拥有一个隐秘的优势，这是好兆头。

相邻架子床上的三名士兵开始与我交谈。我们全都表明了自己的身份。大部分人来自28师，有些来自倒霉的106师。106师是一个完整的战斗单位，全是新兵，毫无经验可言。在战场上，他们毫无组织，一败涂地，最大的原因就是缺乏经验。这三个人中，有一个名叫J. P. 罗素（Russell），来自乔治亚州的麦克多诺（McDonough），原来是种植山核桃的农民；还有一个来自新罕布什尔州，原本售卖他父亲的枫树园里制造的枫糖浆。我们每个人都是步兵连里的士官。我们拥有许多共同点，于是接着聊到了我们的老本行，讲述战斗经历。这两人曾经参加过许特根森林战役，但是在其他连。

"我们距离瑞士边境大概有三百英里。"家在乔治亚州的士兵说。

"即使我们能从这里逃走，我都想不出怎么可能走那么远。"来自新罕布什尔州的士兵说。

"我觉得如果不懂德语，根本不可能逃走。"我说明了自己的想法。

一个技术军士说："我们需要的是信息，只有在掌握一些信息后，我们才能有所行动。"我们商量好按兵不动，先了解更多德军和我们自己军队的信息。我躺回自己的铺位，想起这一切是如何开始的。

第五章 第九战俘营,齐根海恩

1944年10月13日,比利时,马尔麦迪

卡车停下来,我们一哄而下。有人说:"我们还在比利时,靠近马尔麦迪。"

这是一座漂亮的农场;宽敞的房子以及更大的谷仓都是用粗石建成。牧场与林区的景色也相当宜人。一些壮硕的母马正被牵进谷仓;谷仓前院的鸡咯咯叫着,似乎正在警告我们,它们先到这里。我正想着自己会喜欢住在这里时,军士的咆哮声打破了宁静。

"你被分到了一个单位,这是你的武器。"他说。我拿到了M1来复枪、弹药和手榴弹。我已经忘记这些武器有多么沉重。"你被分到了28师110团I连二排。"

我愣了一下:我父亲一九一八年参加一战时,也隶属同一个单位,真是巧合。他曾经被授予银星奖章和紫心勋章。我敢打赌,如果他听说这个消息,一定会感到吃惊。我们被告知,110团现在是后备部队,我们要一直留在这里,等着接替其余两个团。我们全都相互看着彼此,然后脸上浮出了笑意。到目前为止,一切都好。

另一座谷仓旁正在进行某项活动;那是I连。连长正在给士兵们讲话。他正在分发奖章和奖状。"二等兵某某获得铜星奖章,军士某某获得银丛奖章。"这说明他是第二次获得银质奖章;军士某某和二等兵某某获得了紫心勋章。这项活动持续了一会儿,然后上尉发表讲话。

"我们连获奖的人数已经超过了分配到的英勇奖章数量,因此奖章不够,我们就颁发给你们新的战斗步兵徽章代替奖章。"他举起一枚徽章,然后继续将它们分发给应得到嘉奖的士兵。

在颁奖期间,I连的老兵们看上去好像丝毫不在意,刚刚接到褒奖的人脸上露出了尴尬的表情。他们将奖品塞进衣袋,然后慢吞吞地走开了,看上去如同老人。

我问其中一位获奖者:"你们获得了奖章,为什么不高兴啊?"

他答道:"应该得到奖章的人还躺在那些碉堡旁。"他转身走开了。这就是胖乎乎傻乐呵的我们到达这里替补伤亡人员的原因。想到此,我们所有人都清醒过来:这里没有英雄。

第五章 第九战俘营，齐根海恩

德国，齐根海恩

我结识了更多来自28师的人，他们的铺位就在我旁边。第三层铺位很快活跃起来，充满了交谈声，不一会儿，我们就交换了彼此的姓名与经历。目前最大的问题是我们邻近美国阵线的准确位置。其次是我们何时才会被发现，然后回家。我们全都抬头去看前门旁的混乱场面。一名美国技术军士想要引起我们的注意，他成功了。

"我是军士_____。我是美军翻译官，负责战俘营长官与美国战俘之间的联络。"他接着说，"我会说德语和其他四种语言。在被俘之前，我是情报部门的技术军士兼翻译官。我会负责你们和德军之间的任何沟通。每天会提供两餐饭，早饭是咖啡，晚饭是面包和汤，和在巴德奥布时一样。杂役会来收回木盆，送到厨房。你们选一个头儿，然后找几个志愿者值日。六个人一条面包。你们自己分组，每组六人，然后派一个人将面包切成六片。

"你们可以用自己的水壶盖或者头盔盛汤和咖啡。如果发现你们晚上在房外，就会被射死。你们会领到洗漱刮脸用的肥皂，还有刀片和毛巾，都是瑞典红十字会送来的。他们还会送来食物箱，和我们在火车上拿到的差不多。这些东西什么时候能到，我不清楚。目前，我们还不能到户外活动，因为德国人怕我们逃跑。这里其他国家的人要做杂役，我们不用。这儿关押的有法国人、苏联人以及非洲人。有些人自1939年起就在这里了。傍晚的时候，我们可以收听德军对德国人的新闻广播。如果你们企图逃跑却被抓到了，就要被处以三十天的禁闭。如果德军需要向我们传递信息，我就会回来。"

说完，他就离开了。

吃饭的时间到了。"我们需要六个志愿者去取吃的。"新的营房负责人大声说。

我从厕所窗户那里看到，六个人在一名卫兵的陪同下走出门去。他们当然是走向走廊末端，进了建筑后部的厨房里。他们再次出现的时候，抬着三个大木盆。木盆的两个手柄之间贯穿着一根杆子，每个木盆由两个人同抬。我们在营房中排成一列纵队，经过木盆时，手拿水舀的人将汤倒入我的水壶盖中，只倒满四分之三。我端着汤回到自己的铺位。

"这个和水差不多，只漂着几片菜叶子，没有肉。"我说。

"那些是脱过水的菜叶子，和肉一起在水中煮过。"我的同伴说，"看起来像是他们把我们的肉捞走了，重东西在壶底。"他补充道。

我们慢慢喝着汤，心中对我们在这里的第一餐饭充满了失望。这样的食物很难维持我们的基本需求。

"也许，他们并不希望我们活着。"下士说。没有人回应。

面包到了，然后被放到了大桌子上。

"这是面包刀。"营房头儿说，"用它来切，完了就往下传。"我们两个人走上前。"切成六片，要均匀，切的人拿最后一片。"他接着说。

每片大约一英寸半厚。我们五个紧紧盯着正切的面包片。没有人希望自己的那片偏少。我们专注的样子，如同正在观看钻石切割师分割一颗五克拉的钻石。切的人分到最后一片；如果他没切好，就没得吃了。大家都不想去切。

"这和我们在巴德奥布以及行军时吃的黑面包一模一样，不过现在味道好多了。"我说。我们全都吃完了饭，然后坐到自己的架子床上。对话都是围绕我们最喜欢的话题——食物展开。我们都已经听厌了有关妈妈做的饭菜的描述。大部分人都在讨论战后开面包房、肉店或者餐馆之类的。每个人心中都有一个共同的想法：我们绝不会允许自己再次挨饿，我们必须离开这里。

天花板上悬挂的几个灯泡发出亮光；外面已经变黑。我们全都陷入了各自的思绪中，我在想那个抬木盆的杂活儿。

"我们需要六个志愿者去还盆。"营房头儿大吼道。他已经进入了新的工作状态中。

我跳下铺位。"我去。"

第五章　第九战俘营，齐根海恩

召集还盆的志愿者更加困难。一通抱怨和吵闹之后，我们六人抬着木盆出了门。我们沿着走廊走向厨房的时候，我故意将我这边的盆沿"嘭"的一声撞到了墙上，想引起西蒙的注意。然后，我提高嗓门大声说："今晚上外面真冷，冷得要死。"

就在那时，西蒙突然走出厨房门，向我们迎面走来。他听到了我的声音。当他从我身边经过时，递给我一个德军的野战餐盒。我将它塞进野战服内的时候，感到它沉甸甸的。之后，我将木盆放了回去。没人看到我们之间的举动，包括卫兵。干得漂亮！

我回到营房内，爬到自己的铺位上。"我有东西给你们，拿上你们的勺子和水壶盖。"我低声对其余的人说。

餐盒里盛的不是晚饭时稀薄的汤水，而是夹杂着小块羊肉的炖菜。我们坐在那里，将炖菜填入肚子。

"天呐，你从哪儿弄到这个的？"下士问。

"我在隔壁有个朋友。"我不等他继续问下去，就讲了整件事情的前因后果。

"简直不敢相信。"卖过枫糖浆的皮特说，"你真是一个神奇的人。"

"不。"我说，"西蒙才是让我们惊奇的人。"

我用冷水努力洗净餐盒，然后将它塞到铺位上的毯子下面。"我们一定要小心，只能我们自己知道。"我说，"千万不要把这件事情告诉其他任何人。"我接着又说，"别人不久就会发现我们的秘密。要是别人发现我们有地方弄吃的来活命，他们却没有，后果不堪设想。"

室内冰冷，早上六点钟的时候，灯亮了。

"*Raus*，*Raus*（快点，快点）。"是卫兵的声音。他是平民出身，态度非常恶劣。

我醒过来，慢慢爬起。我的头晕乎乎的。我坐在床铺上，双脚悬在一侧。其他人都站在地上。卫兵冲我尖声说了些什么，然后用来复枪指向我。我跳下床，他挥动枪托打向我。我转身躲避，枪托击中我的腰背部，将我推倒在地。我站起来，冲向卫兵。一旁的皮特大喊道："嘿，你不能那样做。"

他说得对。我愤怒地退了回去。卫兵说了一些我听不懂的话，然后走开了。我下定决心，要想尽办法干掉那个混蛋。我们再次见面的时候，这个想法仍然还在。

分完咖啡之后，我们被告知今天是发薪的日子。这对我们来说是新闻。翻译来了，随他而来的还有两名卫兵、一张桌子和一个小背包。当然，我们还是要全部排成一列纵队，逐个走到发薪的桌子旁。战俘在被囚禁期间，每天都会获得一定量的钱。我领到几张德国马克，还没有来得及收进衣袋中，旁边的卫兵就伸出了手，我只好还回去。发薪就这样结束。我们每月都要经历这样的情景，真是滑稽。不久，我们就了解到，德军喜欢敛财，正如他们喜欢掠夺其他一切东西一样。

接下来，他们给我们发了一些刮胡刀片以及刮胡子用的肥皂。肥皂淋上冷水依然好用，但刀片却是钝的。我看到一名战俘在窗户玻璃上摩擦刀片。"这样，刀片就会变锋利了。"

他说得对，在玻璃上磨了刀片之后，刀片果然锋利起来。有了这块肥皂、刀片以及我借来的剃刀，我好好地刮了一次脸。然后，我用小毛巾和肥皂在水池旁洗了澡。水虽然冰冷，但洗过之后感觉清爽多了。

刺骨的寒风从开着的窗户卷进室内。营房内的取暖炉正在散发出少许热量，但聊胜于无。翻译告诉我们，发薪日那天拿到的钱都用来支付煤炭和电费了。无论如何，身体清爽的感觉比较舒服；我身上干净的时候，感觉最好。现在，我外面有一个朋友，里面也有几个朋友。或许，拥有这些朋友会对我有所帮助。

这个下午，我们从外面的大扩音器里收听了德国电台的新闻节目。能够听懂德语的战俘向其余人解释了新闻内容。新闻播报的是德军在阿登高地的一次进攻中取得了胜利，具体报道了德军一路穿越卢森堡和比利时到达安特卫普，几千名美军和英军被俘。而且，德军还从英美盟军那里缴获了武器和弹药，因此任何复仇的可能性均已覆灭。他们还说，这次进攻将会保证德军的大获全胜。

第五章 第九战俘营，齐根海恩

这天晚上，我们的翻译告诉我们，德军的新闻是编给德国人民听的，完全是一派胡言。盟军已经挡住了德军的进攻，而且大批德军或被俘，或被杀，或受伤。盟军再次发动进攻，朝柏林进发，准备结束战争。

"不久，英国战俘就会从波兰出发，到达这里。苏联的进击迫使德军不得不转移这些战俘。"他接着说，"他们会带来一台晶体管收音机。有了它，我们就能够收听BBC（英国广播电台）的新闻广播。这个安装好之后，我会到每个营房去，简要介绍美军的新闻和位置。我们会告诉你们美军距离这座战俘营有多近。我们大家都想知道什么时候能够离开这儿。"

时间已经到了一月底。我同参与杂役的其他战俘刚离开厨房返回，我的饭缸藏在野战服下。那天的德国卫兵是众人越来越喜爱的一位。他穿着军士制服，骄傲地佩戴着一战时获得的荣誉勋带。他在营房值班时，对我们态度和善。有些会讲德语的战俘常常同他聊天，和他交换喜欢的人的照片。他的样子就像大家的爷爷。他佩戴着军士长的徽章。在德国军队里，职位低的士官要向职位高者敬礼。他们敬礼时，动作要非常标准，脚跟相碰时发出"啪"的声响。他指着我，用德语说了一些我听不明白的话。

我心想：噢，不会吧！他要没收我的食物。西蒙警告过我这一点。

我旁边的人说："他要你把饭缸放在外套外面，里面的东西溅了你一身。他说你没必要把它藏起来。"

我对他们两个人说："谢谢。"

我估计自己偷运食物的事情已经不再是秘密，我只希望泄密不要危及到这个计划。我对那名德军的军事长表示感谢，并向他展露出一个大大的笑容，他也报以笑容。德国士兵比德国平民态度友善，西蒙说得没错。

我们停住脚步，等待一支杂役工作队过去。这一队人是法裔非洲人，身材高大，神色之间露出快乐的表情。一辆手推车迎面走来，里面装着土豆。一名战俘正推着它，旁边还有一名卫兵。杂役队经过手推车的时候，一个大块头的黑人探出手臂伸进车里。卫兵发现了，举起来复枪，打中黑人的肩膀。黑人咧开嘴，对卫兵笑了笑，眼睛直视着他，伸手拿起一个土豆，狠狠咬了一大口。战俘继续推着车子向反方向走去。我可以确定，那个非洲人想掐住那名德国卫兵的脖子杀死他。

如果我是一名将军，我会给那个非洲人颁发一枚奖章，以资鼓励。看到他的所作所为，我感到非常激动，心头涌起强烈的自信。让这些混蛋见鬼去吧；现在我知道，我们会成功的。

今天，一条流言正在扩散：一名美国战俘每天晚上都会越过围墙。他翻过大门，去了街对面的法国战俘区。他随身带着手表、金色钢笔以及戒指。这些东西是他从美国战俘那里拿来的。他们想用它们交换面包或者香烟。一根美国香烟价值两美元，和一片面包的价值相同。美国军队的贩卖部销售的香烟一盒七美分，一条面包八美分；我们这里是真正的通货膨胀。这是我学到的有关供需规律的第一课，令人感到难以接受的一课。我们听说，那名黑市交易者失踪了。也许，他带着自己赚到的钱逃离了战俘营，我们暗自祝福他，因为在我们眼中，击败战俘营管理者的人都是英雄。

这天早上，我在隔壁营房拜访几位来自第九师的新朋友。我坐在最上面的铺位上，双脚垂下来，双手扶在床沿保持平衡。我们正在聊天的时候，突然听见一声巨响，好像是木板断裂的声音。同时，我听到一架飞机在营房上空轰轰作响。我们跳下来，全都趴在地上。我们听到了飞机的声音，还听到了机关枪在开火。

"究竟怎么回事？"

"看看你刚才坐的那个铺位。"

我抬头向上看去，就在我刚才坐的地方以及双手放着的地方旁边，出现了一些小孔和木片。天花板上也有洞孔，是50mm口径的子弹打穿了房顶，穿过铺位，最后没入了墙壁内。我坐在地上，盯着那些小孔，难以相信他们怎么没有打中我。我的朋友们跑到房外查看发生了什么事情。我慢慢站起，跟在他们后面。我双膝发软，跌跌撞撞地走出房门。

他们站在房外，正咧嘴大笑着仰望天空。我抬头看后，也跟着咧嘴笑了。一

第五章 第九战俘营，齐根海恩

架P-38美军战斗机正在空中俯冲而下。警戒塔中的德军机关枪手正在追着它射击，他犯了一个大错误。德军的机关枪没有射出曳光弹，所以我们看不到结果。P-38战斗机降低飞行高度，铆足火力，对准警戒塔一顿猛射。

警戒塔土崩瓦解，好像被一枚炸弹击中，消失不见了。我们高呼着喝彩。我们胜利了。我们环顾四周，许多同伴出现在我们身旁，每个人都在欢呼。太振奋了！这正是我们大家都需要的感觉。

飞机再次飞过警戒塔原来的位置；飞行员摆动着机翼飞走了。多么抚慰人心的情景啊！正直的人看到都会高兴。

杀向德国的血路：许特根森林和突出部战役

> 11月上旬，许特根森林

我在自己的散兵坑里，爆炸的声响将我的注意力引到了树枝间的一个空洞处。我从那里看到空中满是P-47俯冲轰炸机，正在轰炸。漂亮的天空飘浮着白云，十分晴朗，这样的天气肯定非常适合飞行员进行飞行。他们正在轰炸施密特镇。这座位于山顶的城镇已经被美军占据，接着又被德军再次攻下，最后又到了美军手中。它是许特根森林的焦点，显然对双方都有极大的价值。

天气寒冷，但空气清新，轰炸的声音震耳欲聋。从这里，我看不到施密特镇，但能够从升起的烟雾中辨认出它的位置。

空中没有德军飞机和防空武器与之进行对抗，飞行员们肯定进行过火鸡活靶射击训练。我十分羡慕那些飞行员，他们战斗时制服依然整洁，脸也刮得干干净净，头发梳得一丝不苟。炸弹耗尽之后，他们转身飞回家里，走进温暖的餐厅，吃上美味可口的热饭菜，他们甚至还可能在今晚有约会。相比之下，我却远在荒野里，孤零零的。我哪里都去不了，只能希望他们明天回来的时候，我还在这里。知道我们的飞机就在空中，这种感觉真好。那些飞行员非常幸运，不需要在这里过夜。

真希望能够和他们一同回去。

第五章　第九战俘营，齐根海恩

德国齐根海恩

那天晚上，我们急切地等待翻译来告诉我们晚间新闻。他走进来的时候，脸上洋溢着笑容，身边也没有卫兵。他情绪不错。

"我猜你们大家都想知道飞机的事情。"

我们全部高声喊道："对！"

"首先，"他说，"我们已经秘密进行了沟通。我们早就计划在地里放置面板，向P-38的飞行员表明这里有多少美国人。你们可能已经注意到，今天那地里有工人。他们那时正在摆放彩色布板给那架飞机上的人看。这些布板早就准备好了，就是为了今天派上用场。原本飞机本来不会对战俘营开火的，因为那样做会违反日内瓦公约。卫兵首先对飞机开火后，飞行员才违反了规定。我们都已经看到了结果。飞机晃动机翼，是在告诉我们他收到了信息。现在，我们的军队已经知道我们的位置以及人数。

"昨晚英国战俘到了，他们住在他们所属的营区。他们带来了一台晶体管收音机，我们已经安装好，接收到了英国广播公司播报的新闻。这套无线电设备非常有用，我们为此欠了朋友的一个大人情。他们将这套设备彻底拆开，变成了最小的部件，分别装在不同的人身上带过来。如果有人在行军过程中倒下来，他携带的部件就转交给他人。从波兰行军过来的人状况非常糟糕。徒步过来，路途实在遥远，所以才会变成这个样子。他们被单独隔离开来，关闭在他们自己的营区。如果你们碰巧遇到一个英国人，一定要感谢他们带来了无线电。

"我们现在听到的西北方向传来的炮声是德国人的。声音离我们再近些，我们就可以听到美国人的枪炮声在向东移动，那样就表明美军在前进。我明晚来的时候会带上一块黑板，画图说明美军和德军各自的阵线。"

说完之后，他离开了。我们大家一致认为他的工作做得非常出色，对他心生感激。午夜时分，我被睡在对面的军士长吼醒。

"那些狗娘养的偷了我的面包。"他吼道。

"谁偷了你的面包?"

"我把面包放在野战服的口袋里面,然后卷了起来,拿它当枕头用。"

"你是说有人从你头下面偷走的?"

"对。"他说,"我们这些人都来自同一个单位,大家全是同志。"

"有些是同志。"我说。

"让他们去死吧,我再也不给他们当保姆了。"

我认为具有那种智商的人应该能够想出办法离开这里。想想看,居然能够趁着别人睡觉的时候,从他枕头下面偷出面包。他们接下来会有什么举动?

现在是二月份,因为幽居病,战俘们的脾气变得愈加暴躁。那名黑市交易者逃跑了一天之后,就被德军抓住,之后被关了禁闭。听说又有两个人越过栅栏逃走了。黑市交易进行得红红火火,有中间人、终端人以及像我这样从主人手里接收货物然后传给中间人的人。中间人将它们转交给一位曾经负责军需品供应的军士。之后,他将货物交给买家。

现在做黑市交易比较容易,货物卖给德国卫兵,所以没有人再翻越栅栏。这是实实在在的黑市交易,大家都不会吃亏。每个人都会得到属于他的那一份,也就无人抱怨。操纵这个交易的人肯定在计划带着成卷的现金回家。他也同法国人做交易,因为法国人得到允许可以在镇上和战俘营之间走动。法国战俘和德国卫兵供应黑市里的面包和香烟。我看到的法国人个个身着干净笔挺的制服,头发也都修剪得整整齐齐。卫兵中的那个军士长告诉我,他们已经在这里很长时间,都把这里当成自己的家了。"他们绝不会逃跑的。"他说。

他接着又说道:"苏联人就不一样了。他们野蛮成性,不守规矩,我们把他们看得很紧,因为他们不喜欢我们。非洲人也是如此,如果有机会,他们会杀了我们。"这些卫兵似乎相当友善,到目前为止,敌意已经被消除。

两名战俘正在大声争吵,此刻已扑向对方。其中一个抡圆了胳膊,结果没击中对方,摔倒在地板上。另一个跳到他身上后,却滚下来,仰面躺倒。我们哄堂大笑，这个场面着实荒唐可笑。他们的样子就像劳莱和哈代（一对杰出的戏剧搭档），只是两人都骨瘦如柴，身体虚弱，连小猫都打不败。我注意到一个朋友的衣服松垮垮地垂着。

"你的裤子要掉了。"

他说："你也变瘦了，看看你的衬衣。"他说得没错。

有些天生瘦弱的战俘现在看上去就像稻草人。"我打赌，我的眼睛能够透过那个瘦骨嶙峋的家伙读报纸。"

我独自走到外面，想起我们赶赴前线接替第九师时行走在许特根森林中的那天。

杀向德国的血路：许特根森林和突出部战役

> 1944年10月23日，许特根森林

我们驻扎在艾森伯恩（Elsenborn）附近的前线阵地后面，距离战线大约一百码。等候已经结束，我们随时可能上前线。这是我们接受训练的目的，也是我们心头的恐惧。我们四人是步兵补充人员，被称为炮灰。那些被送往医院和葬入墓地的伤亡人员将会被几千名士兵接替，我们只是其中的几个。等待的滋味比死还难受，我的胃在咕咕叫着向我抗议。我想尖叫：赶快结束吧。

我们四人谁会首当其冲被击中？谁会马上被杀？哪一个身体会被肢解？谁会幸运地受伤，然后完整无好地回家去？

我们默默地看着彼此，然后转身离开，大家无话可说，没有人愿意表露出胆怯的样子。我决定听天由命。我竭力保持镇定，神态从容。然而，我内心的忧虑在逐渐扩大，我能够嗅到它的气息。我的双手开始冒汗。一个人等着被绞死的感觉就是这样吗？"我要死了。"我心想。这个班里的其余八个士兵同样默不作声；但他们至少清楚将要面临的是什么。他们是战斗老兵，从而维持了28师110团战斗队I连2排2班的平衡。

他们的四个战友离开了。他们会欢迎我们四人加入这个战队吗？或者我们必须证明自己？他们会帮我们，还是会任由我们作茧自缚？我们四个人能够填上空缺吗？我们有足够的勇气完成这个任务吗？我决心全力以赴，但不知道自己到时候会做出怎样的反应。我以前从来没有杀过人。

"就这么定了！我们上前线。"排长说。

我们全部爬出所在的散兵坑。

"二班，到这里集合。"班长大喊道。于是，我们十一个人在这位外貌蓬乱的老人后面列队。他是班长。无论声音还是相貌，他都像个山里人。是的，他的确是山里人。仔细打量之后，你会发现他的实际年龄没多大，只是看上去显老。

我们是新兵，不知道接下来应该做些什么。我曾经参加过基干士兵训练，学

第五章 第九战俘营,齐根海恩

习步兵基础课,但我也一片茫然。我们正在奔赴的目标是大家都感到害怕的战争。"出发!"班长高声喊出命令。我们遵守命令,迈步离开,离开了能够吃上热饭,能够藏身在安全散兵坑里的地方。

我们十二个人行走在森林中,周围没有其他人。我靠近队尾,副班长在我身后。我们斜持着来复枪,枪里装满子弹,枪的保险关着。我的身体麻木僵硬,脑中一片空白。

"当心。"我前面的人说,"睁着眼睛。"

我瞪大了眼睛,跟着前面的人。我不知道他是否和我一样害怕。或许老兵不会有这样的感觉。我们四人是名副其实的新兵,其余的人都亲身经历过战斗。我们迈步走在树丛间,没有人说话。这座森林里耸立着笔直的松树,异常安静和平。我伸长脖子,只看到一片狭小的蓝色天空在头顶一闪而过。

随后,战斗开始了。

一声巨大的轰响如同快速列车,紧跟着是恐怖的爆裂声。树木翻倒,树干和树枝裂开,纷纷落在我身上。炮弹呼啸着炸开,轰炸声震耳欲聋。整个世界即将爆炸,我感觉就要死了。

我本能地扑到地上,我没有看到其他人。德军怎么知道我们在哪里?我们不该出现在这里。我的脸埋在一根倒下来的树干下。我藏身在树干的下面和后面,尽可能蜷缩成一团。我忘了上衣口袋里还塞着四枚手榴弹。我等着炮弹击中我,这只不过是早晚的问题。

更多的炮弹呼啸着射向我们,在曾经长着树木的地上爆炸。我藏身的这根树干遮挡不了多少,我的大部分身体都露在外面。我会被打死的。会这么快就死掉吗?我本想在树下挖一个坑藏进去,但是没有人能帮我。炮轰还没有停止,但似乎越来越远了。

在我身后的左侧,几个声音惊讶地喊着"军医",我有些不敢相信自己的耳朵。难道有人在帮我们?我把头抬离地面几英寸,四下看了看,似乎刚刚有一头巨型猛兽从此走过,毁灭了挡住道路的所有事物。裂断的树木一派无助的样子。

杀向德国的血路：许特根森林和突出部战役

七十英尺的树木此刻变成了四英尺的树桩，立在地面上。松树枝和大树枝遍地都是，仿佛一切都遭受了天谴。碎裂的树干光秃秃的，如同人类的森森白骨，也许它们就是。如果那些炮弹没有击中树木，而是射在我身上，会有什么样的结果？

突然之间，四周再次恢复宁静。我的嘴巴发干。

我发现了班长。他正倚着他的来复枪站在那里，嘴巴里正在往外吐嚼过的烟草。难以置信，他的样子有些像丹尼尔·布恩（1734—1820，美国开拓者，民间传奇英雄和肯塔基州殖民运动的中心人物——译注），仿佛这一切发生的时候，他就一直那样站着。他似乎是这里的一部分。我缓慢地从地上站起身，心中对他极其钦佩。他看起来好像在等待什么，的确有领导气度，他对炮轰以及其他任何相关的事情毫不在意。我为自己躲藏在那根原木后感到困窘。他也许会认为我是懦夫。我的确害怕，但我并不是懦夫。恢复镇定之后，我意识到自己必须做一件事情，而且要马上去做。我要向这位山里人学习。

正在那时，我在这个如同大教堂的地方闻到了松树的香味。柔和安静的气氛似乎在对今天发生在这里的事情表示敬意。我的头盔方方正正地戴在头上，四颗手榴弹仍在原位，来复枪没有弄脏，我也没有尿在裤子里。我准备好了。

我们排成一列纵队再次动身。我参加童子军的时候，我们常常排成一列纵队在林间行走。不知道德国的童子军是否在这条路上走过。现在，他们应该已经变成像我这样的士兵，而且我们正在相互屠杀。我们在童子军里可没有学过这个。前头没有人开过枪。我什么都没有听到，周围死一般的静寂。没有德国人需要射击，我喜欢那样。然而，周围到处散落着德军和美军双方的武器和头盔。我看到了太多的M1来复枪。军士曾经对我说，如果我的枪脏得不能再用，就捡一把枪来用。现在我才明白他的意思。伤亡人员已经被移走，尸体肯定昨天就运走了。我觉得他们不会在夜里做这件事。昨天这里肯定发生了一场激战。

"停下休息。"班长说。

美国士兵正向我们迎面走来。他们是从我们要去的方向过来的。我靠在树上，把枪托抵在地上。水壶中的水喝下去，口感不错。

第五章 第九战俘营，齐根海恩

一名士兵对我说："老兄，我们很高兴看到你。"

"高兴？"

"你们将接替我们师上前线。"

"祝你好运！"另一名士兵说。他们看起来又脏又累，大部分人的胡子都很长。一名士兵停下来，接受我们班里一个成员递给他的香烟。我觉得他们在前线没有必要刮脸。他们隶属第九师。

我们又出发了。行进的时候，不断遇到被替换下来的军队。我们距离目的地更近了，我开始对正在发生的事情有所感觉。这里的景象与之前的地方一模一样：来自双方的配给箱与弹药箱、头盔和武器。我心里想：那些头盔的主人到哪里去了？

经过一处防火道时，我看见一个业已毁坏的原木炮位，但却是空的。我不知道那是他们的，还是我们的。它看起来像是没有屋顶的迷你木堡垒，四分之三的部分在地面下，一定是工兵建造的。炮位所用的木头有十二英寸厚，看样子是被大炮摧毁的，很可能是大坦克。它已经碎裂，正散发出闷燃时的焦味。炮位空着，看样子已经废弃不用了。

一辆损毁的坦克就在前面，距离防火道不远。轮胎表面已经破损，顶部被炸飞。有人在这里度过了艰难的时刻。我们在这条小径上继续前进的时候，看到地上有更多的武器。在往前，看到墓地登记部门的人正在搬动德军浮肿的尸体。太可怕了！他们为什么不在这里建造一座墓地？我们在断裂的树木之间继续奔赴前线，周围依然安静。这仅仅是开始。

杀向德国的血路：许特根森林和突出部战役

> 德国，齐根海恩

我遇到了麻烦，因为今晚送还食盆的战俘已经够了。他们中的两个人相互笑了笑。一个人对我说："我们今晚不需要你，盆的问题我们能解决。"这意味着他们想阻拦我从西蒙那里偷运食物，也意味着我们今晚没有多余的食物可以吃。到三个星期以来，我们的食物行动一直非常顺利，看来改变就要发生。

我等着他们返回，他们没有带回装着食物的德军餐盒，所以我暂时没去理睬他们。明天，我要提醒西蒙，看看可以采取什么应对措施。我的朋友们聚在一起，我给他们看我今天赚来的一根香烟。我将一名战俘的金笔卖给了黑市交易者，换回六根美国香烟。我的那一份是一根香烟，所以我们决定取出烟叶，将它卷成两根香烟。

我们大家都不吸烟；我们这样做，只是希望烟会缓解饥饿带给我们的痛苦。我们已经许久没有吃上一顿饱饭了，怀疑自己会被饿死。香烟的气味很糟糕，令我头晕眼花。我们每人轮流吸上一口，直到香烟燃尽。翻译今晚没有来，我们担心他发生了不测，也许德国人发现了晶体管收音机。我们在巴德奥布就失去了翻译。灯熄了。

第二天早上，我决定和西蒙谈谈我没有机会还汤盆的问题。我走出房门，进入营房前的院子，走向将我们的营房与食堂隔开的栅栏。周围没有一个人，所以我站在栅栏旁边，大声喊西蒙的名字。正在我第二次呼喊西蒙时，感到有个硬邦邦的小东西抵在我右耳上方的太阳穴上。我清楚那是什么，因此我没有动。

我一动不动，只是慢慢地向右侧转动眼珠。那个硬邦邦的小东西现在压得更紧了。我从眼角看到它正是我担心的东西：一把德国手枪。手枪握在一个德国人手臂的尽头——一个德国人的手中。他正是那个用枪托打我的混蛋，一个德国平民卫兵。他知道我是谁，也清楚我认出了他。

我仍然一动不动，他扳起了击铁。我的身体僵住了。击铁的声音在我耳边回荡，仿佛我的脑子里有一个回响室。这是我听到的最后一个声音吗？我屏住呼吸等待，击铁再次发出了喀哒声。我知道接下来会发生什么。我心想："上帝啊，他要打爆我的头。他们说过，所有战俘禁止靠近栅栏。"

我猜想这刚好为他提供了射杀我的理由。我缓缓转过头，感觉到手枪紧紧抵在我的太阳穴上。如果他打算杀死我，我会看着他动手。我直视着他，眼中充满仇恨。我不再害怕，只觉得厌恶这个狗娘养的。我想伸手掐死他，我会像扭断棍子一样扭断他的脖子。他看起来六十岁左右，面目可憎。他控制住了我，我无法动弹。

我们相互盯着对方的眼睛，都没有眨眼。我的嘴唇在颤抖。他慢慢地从我头上抽离手枪，但他没有放开击铁。他大声吼着德语。我听不懂他在说什么，但我知道他的意思。我全身都在颤抖。我想抓住他。他用枪戳我，要我离开栅栏。枪的击铁始终扳着。

我眼睛盯着他，缓缓转身，离开栅栏，走向营房。我估计他现在不会在背后开枪打死我。我到达营房门口，然后慢慢转身。他手中握着枪，仍然站在原地。我又转过去一点，看着他。我心里在想：我现在了解仇恨的感觉了。

进入营房后，我将这一切讲给了我的三位同志听。

"你要干什么？"皮特问。

"我非常清楚我们被释放之后我要做什么。"我回答，"我一找到那个混蛋，就会扼死他。这应该不难。"

第二天，我们举行了娱乐活动。一名战俘讲了几个笑话。他只要一张开口，大家就会又笑又闹。他告诉我们：在被征召入伍之前，他在一个夜总会里当喜剧演员。我们对他说，他运气很好，在军队里找到了家，饿死的时候也还是喜剧演员。

他答道："但我在这儿就快要饿死了。"

他的话令大家郁闷起来。接着，我们请一个男高音演唱了一些歌曲。他也表现得非常好。当他唱到和爱人有关的歌曲时，大多数男人陷入沉思之中。我没有

杀向德国的血路：许特根森林和突出部战役

爱人，因此这首歌对我没有影响。我很高兴我没有恋人，也没有妻子。已婚的男人们谈起了自己的妻子，好像个个都是圣母玛丽亚。有些人担心自己的妻子会不忠诚。在我看来，这是一个悲伤的话题。我们都对男高音表示了感谢。

合唱结束之后，我们做了祷告。一位牧师的助手带领我们祈祷，祈求上帝指引我们并施与耐心。他还祈祷我们全都安然无恙地度过这次考验，并原谅俘虏我们的人。我没有告诉他我打算杀死俘虏我的那个人。我决定每天念一篇玫瑰经文，我没有玫瑰经文，但我上过天主教学校，仍然记得玫瑰经文的顺序。

那天晚上，翻译出现了。"大家注意了，我带了一块黑板给大家画战争形势图。"说完，他用白色的粉笔开始勾画德军和美军双方目前的位置。我们全都低声说好。

"这是前线，它和我们的关系就是如此。这是我们的军队；这是他们两天前的位置，他们现在在这里，这是他们要去的目的地。我们正将德军逼向这个方向。苏军在波兰，他们正在迅速西移，这个行动对释放我们有利。你们今早可能已经听到了炮火声；那是我们的，不是德军的。你们如果仔细听，就能分辨出不同的地方。接下来，你们会听到美军的炮火声，在更近的地方。我们的军队推进的力量非常强大。

"巴顿将军率领的第三军正在横扫我们所在的这个地区。我们在这个房间的所有人都来自第一军。第三军有装甲部队，他们正在迅速向这个地区推进。"他接着说，"我军有许多人因为患上痢疾而病倒，有些人住进了医院。等天气转暖之后，痢疾会更加危险。我们的条件很差，一旦患上痢疾，情况就会非常严重。因此，你们的吃饭用具尽可能保持干净。我们吃到的东西少得可怜，虽然还没有到饿死的地步，但身体都非常虚弱。所以，我们很容易感染疾病。如果我们的军队继续推进，我们可能在三月底离开这里。我们必须活着等下去。"

今天是2月28日；我们到这里将近两个月了。

"你准备怎么处理西蒙那件事？"皮特问。

"你没办法靠近那道栅栏。"约翰说，"那个卫兵看着你呢。"

第五章　第九战俘营,齐根海恩

"我有个办法,可能会管用,我会告诉你们怎么做。"我回答。我觉得没必要让大家都担心。

正在那时,营房里的头儿进来通知事情:"战俘营的司令官给我们派下一个任务,志愿到被炸毁的铁路段工作,去的人可以获得额外的食物。这是我们的第一次任务,带着镐和铁锹工作一整天。"

那个逃跑失败被关了一个月禁闭的战俘说:"如果你们计划逃跑的话,不要去,他们会找到你们然后带回来的。禁闭可不好受。"

我也觉得那样做过于危险。既然美军的飞机曾经炸毁过铁道,我们在那儿修路的时候,他们有可能再炸一次。我们都没有报名参加。到目前为止,已经有三次逃跑事件,但三个人都已经被抓回来关了禁闭。他们摸黑翻过栅栏,然后从前门被带回来关了禁闭。

第二天,铁路工作队离开了。那名面貌丑陋的卫兵跟着他们一起走了。傍晚时,我走近栅栏,等到了西蒙出现在走廊上。

"你去哪里了?"他问。我解释了自己遇到的问题之后,他主动说:"明天傍晚的时候来栅栏这儿,我过来给你送餐盒。那个时候,天已经黑了。卫兵只在白天工作。你可以在第二天晚上还回空餐盒。"

这就是我们商量好的办法,进行得非常顺利。在天色差不多黑下来的时候,西蒙带着装满食物的餐盒来到栅栏旁。第二天晚上,我将空餐盒从栅栏上方扔还给他。如果他由于某种原因不能送过来,我只在栅栏旁等十分钟,因为我们天黑以后不能留在外面。如果街上有卫兵巡逻,我们就会取消行动。有几次情况非常危险,但我从未被抓住过。我们并不经常说话,但我们接收到的食物起了作用。我们没有一个人患上痢疾。

我们默默地为西蒙祈祷。

杀向德国的血路：许特根森林和突出部战役

11月4日，许特根森林

昨晚德军再次进行了反攻。同样的路线：穿过已被炸毁的树林。我们看不到他们，但我们知道到处都是他们的人。我对着他们的武器发出声响的地方不断开枪射击。过了一会儿，炮火声停止了，周围静悄悄的。老兵们告诉我，德军这样做是为了探测我们的布防力量。我不知道自己是否也会成为一名老兵。

军医们在巡回照料伤员。如果没有军医，我不知道我们能做什么。每当他们听到伤员叫喊时，就会马上走过去，他们甚至还在伸手不见五指的黑暗中工作。然后，志愿者们会帮忙将伤员送回救助站。我想不明白，他们怎么能在这么黑的情况下找到需要的东西。我们全都在腰带上带着一盒磺胺药粉和绷带，这是为了包扎他人或者自己的外伤。我们会先用上这些东西，然后等候军医的到来。

漆黑的夜晚开始变成灰色，树木慢慢出现在视线中，其他物体也在逐渐成形。绿色的世界醒来时，周围的静寂令人感到舒适。雪地静悄悄的，呈现出一片美丽的景色。战争似乎已经消失。我没有看到前面有德军。某个地方太阳在闪烁，但阳光没有穿透这片像墓地般静谧的森林。残忍的黑夜已经过去。时间如果能够一直停留在这一刻就好了！今天会是星期天吗？

"好了，我们要出发了。"平静的时光结束。军士的声音中带着命令的意味。

这天早上，我爬出了散兵坑。其他人也在磕磕碰碰地慢慢爬出各自的散兵坑。我的身体麻木酸痛，我的背也在疼；肯定有东西堵在我的喉咙里了，站起来伸展身体的感觉真好。"现在，我们究竟要去哪里呀？"我在心中发出疑问。

我们走回后方，最后踏上一条路。这条路是典型的泥路，不是非常宽阔。我们排成两列纵队，沿着路的两侧行进。我发现我们班少了两个人，这说明他们在夜间被炮火击中了。我们现在一共少了三个人。

这条泥路蜿蜒伸向山上。我们按照规定，行进五十分钟后休息十分钟。

我穿着杂役上衣、裤子和长的内衣裤，外面罩着大衣，脖子上围着给步兵发

第五章 第九战俘营，齐根海恩

的围巾。这些东西在寒冷的天气中可以保暖，就像我的步兵手套一样。我甚至连野战背包的重量也忘记了；它已经变成了我身体的一部分。此刻，我背负的东西除了衣物之外，还有军粮、武器、弹药以及一条毯子。我的来复枪挎在右肩上，枪口冲下，因为空中开始飘起了毛毛细雨。这样挎着来复枪，感觉似乎没有那么重了，钢盔似乎从来没有让人感到沉重过。它是我拥有的唯一可以保护身体的东西。

这条路越来越泥泞，而且越来越长。天气湿冷阴郁，接着，雨水从树上滴落。高大的杉树像撑起的伞一样遮住了路面，只是这把伞会漏雨。雨水从我的头盔上淌下来，滴到了我的脖子后面。

地上的雪洁白无瑕，掩盖了路面，也掩盖了树木之间的地面。自昨天开始下雪以来，这里没有发生过战斗，也没有炮轰，因为树木全都完整无缺。我跟着前面的人行走时，突然意识到我还不知道他从正面看是什么样子。我们全都各自待在自己的散兵坑内，我不认识这些人中的任何一个。

这条路逐渐变成了坚硬的泥块；我的鞋子上沾满了泥浆。我已经太长时间浑身湿漉漉的，以至于想不起浑身干燥是什么时候了。一个月来，我的脑袋里也是冰冷一片。这样的状态极其痛苦，应该暂时休息一下了。我们离开泥路，走入树丛中，然后停下来休息。我任由背包留在背上，脱掉浸湿的大衣太困难，所以我倚在一棵树上。舒展的感觉不错，我真希望自己能够在这里坐到战争结束。地面上黏糊糊的，白色与棕色夹杂在一起。雨水在雪中冲出一道道水沟。

这时，我们听到了消息。

"开始进攻之前，我们要先在树丛中组成小规模的战斗小组。"我们的连长发出了命令。

我喃喃自语："太好了，正是我们需要的。"

"我们要分散开，间距大约三码，沿着这座小山丘往上走。我们已经接到了任务，夺取施密特镇。它就在这座山顶。

"这个山顶完全是一片光秃秃的田野，没有树木，没有溪谷，没有围栏，什

135

么都没有。我们和山顶上的德国佬之间没有任何屏障。"

它的确不愧是一座山。步兵接受过训练，无论在哪里都要寻找掩护，什么都没有，意味着没有掩护，没有地方可以躲开敌人。

我对旁边的那个人说："这样做简直是疯了，他们会像对待脱粒机中的麦子一样，把我们全部割掉。"

他看着我，然后说："没错。"

我抬头看向山顶：至少有半英里高。

军士说："准备行动，检查你们的弹药。"

"德国佬正坐在那儿监视我们，他们不会想到我们会迎着他们的枪口冲上山。"

"哪个白痴想出这个主意的？"后面有人问。仅仅几百名士兵，却打算攻克这座小山。

"我们会全军覆没的。"一个声音说。

我们走出树丛，走到空地上。手中的枪还没有打开击铁，但里面装有子弹；现在，我们打开保险，准备开火。每个人都在检查自己的刺刀、手榴弹以及弹药。

"我们不会有好果子吃的。"我旁边的人说。

"祝你好运。"我声音嘶哑地说。我口干舌燥，十分紧张。现在，我们全在默默地和向我们的缔造者（上帝）祈祷。

有些人正在修理刺刀。我虽然在步兵基础训练营中教授刺刀，但我并不喜欢它，我希望来复枪能够随意开火，如果到了非用不可的时候，我再将刺刀插进去。

这就是步兵被说成炮灰的原因。这是一项并不轻松的工作。队伍向左右分别散开，远到视线尽头。这样的距离对我们来说太远了，根本无法跑开；我们必须徒步走到这座山顶，直奔敌军心脏。

我对旁边的人说："我们究竟要对谁射击？连个人影都没有。"

第五章 第九战俘营，齐根海恩

"本来应该有大炮来掩护这次行动，但我们却没有。"

我们接到了前进的命令。

"等等，"我们的班长说，"命令已经被取消了。"我们怀着疑惑的心情全部匆匆回到了树木的掩护中之后，他说："进攻已经被取消了，我们走这条路穿过树林。跟着我离开这里。"

我们如释重负，众人的祈祷终于得到了回应。

我跟在副班长身后。我猜想他不愿意排在队伍的最后，以防我们从后面遭到袭击。真是个笨蛋！这个家伙比我还要害怕。我们沿着溪谷前行，进入树林深处。灰色的雪已经部分融化，地面正在变软。在松树林和浓密的灌木丛中穿行不是一件易事。我将来复枪高高举起，避开一些小枝丫。灌木丛和大树枝牵绊住我的脚步，仿佛不喜欢这样的入侵。

子弹迎面打来，我扑倒在泥路上。副班长尖叫一声，然后倒了下去。我们已经走入子弹的射程之内。

"军医！"他被击中了。他所在的位置本来应该是我的。德国佬在对面的斜坡上，他们正在用来复枪和冲锋枪射击。冲锋枪的射击速度极其迅速，令人难以置信。这种武器百发百中，子弹四处乱飞。

我此刻在一根倒在地上的树干后开火还击。德军在那座山坡上形成了某种包围圈，我勉强能够看到他们。我正在瞄准一个看似德军头盔的东西。我看得不是非常清楚，所以无法确定是否能击中远在那边的目标，但我肯定在尽力。这个地方光线黑暗，树木和叶子都十分浓密。德军肯定在等着我们进入他们的射程。这有可能是一个碉堡，离开这里唯一的办法就是消灭他们每一个人。

更多呼唤军医的声音从我左侧响起。我没有回头，而是继续射击。根本没有时间思考，只能尽可能准确地对着那边的事物射击。

德国佬正在竭力阻挠我们。越来越多的来复枪在我右侧开火，左侧的火力也更猛了。我对面的人大叫一声，他被击中了。看样子，德国佬十分清楚自己在干什么。我们都在猛烈开火。

又有人在我左侧呼喊军医。我们正在迅速被打败。德国佬距离太远，手榴弹派不上用场。我又往来复枪中塞入一个子弹夹，然后继续射击，越多越好。我想我们马上就会输掉这次战斗，那些狗娘养的太强悍了。

一场爆炸结束了这次战斗。它一定是火箭筒发射的炮弹引起的。德国佬所在的位置除了烟雾，没有出来任何东西。战斗结束了，像突然爆发时一样迅速结束了。火箭筒的使用起到了关键作用。不可能是坦克，也不可能是37 mm口径的反坦克炮；这里的落叶太厚。

我往来复枪中又塞进一个子弹夹。我的来复枪枪筒滚烫，发出了难闻的气味。我不知道自己射击了多久。时间似乎已经停止。这些战斗的结束总是和开始一样：片刻之间。许多人在这里倒下了。树丛过于浓密，我仅仅看见一个可怜的家伙，他血流如注，仿佛石油从传输装置中喷洒而出。我为他感到难过，我甚至还不认识他。从他叫喊的声音判断，他肯定特别痛苦。一个军医正在给他处理伤口。有了军医，伤员们一定都感谢上帝。

我们活下来的人站起来，开始排队。重新排好之后，我们继续沿着溪谷前进。军医们和伤员留在后面。我猜想会有牧师前来为那些牺牲的士兵做祷告。我看到副班长躺在那里，身旁有一名军医；他没有动，也许已经死了。如果我在他的位置，死的人可能就是我。我们班的人数在不断减少。今天，我们又失去了两名成员。

我不知道我们现在所处的位置，也不知道我们要去哪里，但不用攻击那座山夺取施密特镇，令我松了口气。我们走出林丛，开始沿着一条山路上行。雨已经停了。

我检查了自己的弹药带。在刚刚的战斗中，我用去的弹药比我想象的要多。我丢掉空的弹药带，数了数腰带中的子弹夹，我有五个子弹夹和两枚手榴弹。如果德国佬再次袭击我们，这些弹药是不够的。我昨天晚上肯定用掉了其余两枚手榴弹。有时，我的动作要比脑子迅速，我觉得自己的职业本能越来越强。弹药应该不会缺乏，因为我们的弹药总是非常充足。

第五章 第九战俘营,齐根海恩

我们走出树林,进入一片光秃秃的区域。这里距离下一片树林大约三百码。我们停下来休息。四周全是德国佬,我们却在开阔的地方休息,这是不明智的。我们接到了挖掘战壕的命令。这意味着我们要马上挖掘散兵坑掩护自己。

三名来自1171工兵战斗组的美国士兵穿过树林走了过来。"你们要去哪里?"他们中的一个技术军士问我。他们看上去和我们一样,满脸疲惫,无比苍老。

我回答:"天晓得。"

"德军的坦克在下面的溪谷里,我们昨天晚上看到了,然后上来这里,想躲开它们。我们原本打算修建一座桥,好让我们的坦克通过,结果德国佬却出现了。我是建造桥梁的,不是步兵,和他们作战是你们的任务,不是我的。我们在下面那里损失了一些威斯尔(Weasels)(履带车辆),还牺牲了一些工兵,你们最好搞清楚自己的去向。"

我们的排长说:"坑要挖得深一些,免得虎式坦克从你们上方碾过来的时候把你们压扁。"

我对他说:"我们究竟要在这片空地上干什么?"

"服从命令。"

我们挖掘散兵坑的时候需要两个人:一个人拿一把小铁镐,另一个人背上的背包里有一个小铁锹。一把镐或者一把铁锹是标准配置。这些工具形状小巧,士兵完全可以在敌军的炮火之下侧躺着进行挖掘。军士是正确的,军士们通常都是正确的。这些工具并不是按照常规的方式——站着使用的,因为它们太小了。

既然我们没有处在敌军的炮火下,我们便跪下来,准备挖掘一个至少三英尺深、六英尺长、三英尺宽的坑。如果在敌军的炮火下,大部分士兵会贴着地面挖掘一个和身体差不多大小的浅坑,可以保护自己免受轻型武器的火力。但当敌军的坦克碾过这个浅坑时,士兵就得不到保护,会被压死。同样,如果树木发生巨大的爆裂时,这样的浅坑也不能保护士兵的安全。

冰冻的地面坚硬如铁。"根本挖不动。"我对同伴说,"见鬼去吧,如果坦克来了,我就跑到那片树林里去。"

"我和你一起跑。"

然后我们坐下来,吃了一些应急口粮,抱着水壶喝了一些水。又有五名战斗工兵加入了我们;一群人围坐着,像是在野餐。我们在那里大约半个小时后,接到出发的命令。我们沿着那条山路继续前进。挖掘散兵坑的任务就此结束。

我们听到从溪谷传来轻型武器的火力声,接着是坦克巨大的轰隆声。有人看见它先是在那条溪谷里,然后到了对面的那座山坡上。透过另一座山上的林丛,我们可以看到一辆已经破损美军的车子。还有另外一辆。

他们的境况不妙。我离得太远,听不到他们的呼喊声。

他们在这些浓密的树林里干什么?我们现在靠近山顶,有了树林的掩护。美军伤员躺在地上,军医正在就地为他们处理伤口。在我们赶上他们之前,他们在前线肯定遭遇了更多的德军。

德军的88 mm大炮开始炮轰这边的树林。爆裂的树木残忍地杀戮着树下的人。炮火声令人无法忍受,我想尖声大叫。我们茫然无措地四下散开。我们的背后受到了攻击。德军怎么清楚我们的位置,而我们却等到遭遇他们时才知道他们的位置?他们占据了优势,我们会被消灭殆尽。

我找到一个无人的散兵坑,滚进去,埋身藏了起来。我听到一声大喊,然后一个身体落到我身上。是德国佬吗?不是,是步兵。他的腿部受伤了。我切开他的裤子,从背包里取出磺胺粉撒在他的伤口上。他痛苦难当,是在快要到达这个散兵坑时被击中的。我为他感到难过,于是给了他一些水喝。我大声呼喊军医过来。

军医在散兵坑上方探进头说:"给我腾点地方,我来给他注射吗啡。"我爬出散兵坑,滚到一棵树下。炮轰已经停止。四处都是呼唤军医的声音。

这个部队里难道没有聪明人吗?

第五章　第九战俘营，齐根海恩

> 德国，齐根海恩

我躺在自己的铺位上，单腿悬在一侧。这时，我感到有人在用力拉我的脚。这立刻引起我的注意，我坐了起来。一名德国士兵正站在那里对我微笑。

旁边的一个人说："他是伞兵。他看到了你的靴子，知道你也是伞兵。"

我笑了笑说："是的。"

那名士兵指了指自己身上的条纹，表明自己是一名士官，然后说了些什么。我的翻译说："他是军士，你呢？"

我伸出四根手指抵着自己的袖子，他微笑着点了点头。我松了口气：这是友好的表示，因此，我一整天都非常放松。"谢谢。"我对翻译说。

"你已经交上了一个朋友。你是一名战斗兵，他对此表示敬意。"我的翻译说。

"你注意到他有一条腿坏了吗？"当这名德军一瘸一拐地离开时，我觉得他非常和蔼，竟然过来和我说话。之前，我们在这里面对的全是敌意。这是多么大的变化啊！那名德国军士回家时，他会瘸着回去。他的余生都将如此，就如同我的父亲。

杀向德国的血路：许特根森林和突出部战役

1917年，德国埃纳-马恩战役

两名美国士兵在燃烧的谷仓里。德军的炮轰已经停止，现在可以出去了。第一个人找到了一个鸡进出的洞口。他低下头，扭动着身体，想要从小洞里挤出去，结果却传来南瓜爆裂一样的声音：他的头被击中了。第二个人将第一个人的身体从洞口拉开，因为燃烧的横梁正砸向他们。

第二个人吸取了前者的教训，先将双脚伸出去，然后扭动身体想挤出洞口。他必须出去。他钻出洞口时，剧烈的疼痛从双腿传了过来。他已经被击中。德军的一名狙击手射中了他和同伴。子弹穿过他的右腿，嵌入了左腿。

军医在距离烧毁的谷仓五十码的地方发现了他。他爬到那里之后，便陷入昏迷之中。他在军队医院住了一年，之后跛行了一辈子。他回家时戴着两枚奖章：一枚因英勇而获得的银星奖章，一枚因受伤而获得的紫心勋章。

第二个人是我父亲。

第五章 第九战俘营，齐根海恩

德国，齐根海恩

将被炸毁的铁轨修复以后，铁路工作队回来了。一名美国步兵告诉我们："平民战俘也许是波兰人。"美军的飞机确实来过，并炸毁了铁路现场，迫使战俘们到附近的水泥涵洞躲避。

有些平民被炸伤了，但没有美国人，即使这样，我想下次也应该不会有美国志愿者参加了。

现在是"新闻时间"。翻译到了，和他同来的是一位身着美军制服的上尉。他架好黑板，然后开始讲话。"这是_____上尉，来自第____空降师。他最近才被德军俘虏，然后送到了最近的战俘营。"他说，"既然我们都是士官，那么就由他来当我们的领导吧。他将和我一起为你们介绍对战俘营司令官的抗议行动。我们也会尽最大努力一同收集与释放我们有关的信息。今晚的消息是好消息。"

然后，他开始勾画德军与美军双方的战线。他指出第三军正在迅速前进，并俘虏了数千名德军。

"德国的国防军是由十几岁的少年和老人组成的。这支军队是他们最后一支力量，水桶已经见底了。苏联人正从东部推进，遇到了抵抗，伤亡严重。"然后，他画出了我们相对第三军先遣部队的位置。

"现在，我们能听到美军的大炮，还能听到他们距离我们越来越近。到时候，会有特派人员冲进来营救我们。因此，我们不会遭遇真正的战斗。德国的空军力量已经不存在了，所以我们不用担心来自空中的攻击。明天瑞典的红十字会要来这里检查战俘营的设施。红十字会提供的物品用盒子装着，都在战俘营的仓库里，回头发给大家。"

每人一盒，不像在火车上那样。营房中每一个人感受到的快乐难以言喻。我们高兴得大声喊叫。

"大家务必注意卫生。"他继续说，"已经有报告说有些人死于痢疾。幸好这些人中没有美国人。我们已经有三个人在医务室里。德军的药品短缺，几乎无法对病人提供医疗救助。食物和药品都严重短缺，所以，别想着还可以依靠这两样。"他最后对我们说，随后的几天他会带来更多消息。

弗兰克是第28师的上士，就睡在我旁边。他说："今天下午我站在大门口的时候，看到两个人。他们各自躺在一辆手推车里，已经死了。德军的卫兵说要把他们送到墓地去。他们是从医院里运出来的。"

我说："西蒙偷偷给我们的食物对我们帮助很大，应该可以让我们撑到离开的时候。到时，我就掐死那个卫兵。"

"那个卫兵让你烦到了要他命的地步吗？"

"不，他是我的动力，我时刻想着他，想着他脸上得意的笑容。我不会让那个混蛋活着离开这里。"

第二天早上，瑞典红十字会的代表到达我们的营房。翻译让我们列队领取食物盒。当然，我们每人拿到一盒。突然，有人大喊："那些德国佬偷了我们的香烟。"

我大声笑了，然后对弗兰克说："盒子已经被打开，香烟不见了。"

"你还笑得出来。"弗兰克说，"我们只能抽到你从黑市带来的香烟了。"我不得不承认，我的黑市活动利润不大。

"我希望我能在学会抽烟之前离开这里。"

红十字会的人向我们询问了有关食物、住宿以及娱乐的情况。我们对他们实话实说。前两者很少，第三项根本没有，不过，我们没有受过虐待。我们又冷又饿，希望回家。

红十字会的一个人告诉我："德国的老百姓也同样缺吃短喝，没有燃料取暖，药品供应也非常短缺。战争给这个国家带来了太多的灾难。德国的军队拿到了大部分东西，但也不多。结束的日子不远了。做个好士兵。你们离开后，这些老百姓受苦的日子还长着呢。"

检查就此结束。这些瑞典人都是好人，我们喜欢他们友善的态度。他们帮不

第五章 第九战俘营,齐根海恩

了我们什么,但他们的确保证我们收到了盒装的食物。角落里,一群战俘已经将自己食物盒中的一部分拍卖出去。真是精明的美国人啊!

我坐在自己的铺位上,津津有味地吃着饼干和鸡肉罐头,心中的满足感难以言述。我吃得极其缓慢,以便吃久一些。真是太好吃了。

"差不多有三个月了,这才是我们第二次吃到好点的东西。"皮特说。

"我怎么可能再吃下那样难吃的面包和温水?"弗兰克接着说。

我笑了。"你会吃下去的,还会爱上它。"

"我们还有西蒙给的食物。"我说。

我们都笑了。我幻想着下一次嘴巴塞满食物的时候。

12月16日，下午4：00，卢森堡

电话是从路左侧皮特所在的散兵坑里打过来的。"我们有麻烦了，我们的散兵坑上面来了一辆坦克。怎么办？"

我刚刚往嘴巴里塞了裹着熏肉抹了草莓酱的煎饼。我回答道："保持安静，不要发出任何声音；如果他知道你们在那儿，会退回去炸死你们的。只要他不知道你们在那儿，你们就不会有事的。"

"你的声音有点怪，你没事吧？你没有受伤什么的吧？"皮特问。

我嘴里正塞满了吃的，因此感到非常愧疚。"我很好，你们只要保持绝对安静，等到坦克走了，就没事了。"

他们两人一动不动，坦克离开了。我仍然忐忑不安。

第五章　第九战俘营，齐根海恩

德国，齐根海恩

现在是三月中旬。每天晚上，我们都会看到翻译在黑板上给我们画出的前线示意图，每天美军的大炮声都在向东移近。第三军行动迅速，已经深入德国。时间如同龟爬，但却在慢慢爬向我们得到释放的那天。天气已经转暖，雪已经融化。在营房里走上一圈，就会发现我们越来越多的人憔悴不堪，如同稻草人。西蒙还在给我们提供食物。到目前为止，我还没有被抓到。

昨天我又赚到几根香烟，我们几个人分掉了。现在，我们总是将时间用来讨论如何会被释放的问题。又有人因为痢疾而病死。他们隐藏了自己的问题，因此没有被强制转移到医院去，没人想看那所医院内的情景。到目前为止，我和弗兰克、皮特、乔治的身体状况都没有出现问题。

在三月份的最后一周里，翻译和上尉来了营房，但没有带黑板。他们征集志愿者在营房门口和厕所两个地方站岗。周围没有德国卫兵。

翻译开口说："我们今晚有非常重要的事情讨论。战俘营的司令官已经通知我们他接到的上级命令：除苏联人以外的所有战俘都要转移到奥地利。美国人、英国人、法国人以及法裔非洲人仍然留在各自的群体内。所有苏联人继续留在这里。战俘营里的德国卫兵会押送我们过去。我们在奥地利会一直被监禁到战争结束的时候。我们战俘是和平谈判的一部分，我们是宝贵的财产。"

营房内响起了嗡嗡的议论声。后面有一个声音说："在路上，我们的人数比卫兵多，50∶1。"

"没错。我们需要你们主动报名干掉卫兵，我们不去奥地利。我们必须自己动手做刀子和其他工具来实施我们的计划。我们还要约定一个信号，能让我们在同一时间动手实施计划。我们必须在行军的第一天同时干掉所有卫兵。"

我看着我们这伙人的其余三个，说："我们来干吧。"他们点头表示同意。现在，我们四人有事干了。

杀向德国的血路：许特根森林和突出部战役

翻译继续说："我们要算出需要的志愿者人数，还要制定实施计划的具体措施。我估计这一两天内我们就要出发，美国军队快到了，今天早上，我们听到了远处轻型武器的声音。我们明晚再谈。同时，我和上尉会尽力说服司令官，美国战俘的身体条件无法行军。"

翻译和上尉离开了，我们开始思考问题。

第二天，我们忙着将所有能够搜寻到的东西用来制造工具。有些人将木材劈成六到八英寸的尖棒；有些人从窗户上撬下金属条，将它们打磨出锋利的尖头；有些人敲破火炉的烟囱，制成粗糙但锋利的刀子。这里不缺少聪明才智。我们又变成了士兵，说干就干。

我决定使用一块锋利的玻璃碎片，它的尖部丑陋粗糙。我将自己的一只手套塞入另外一只，做成手柄。这个宝贝可以置人于死地。无论什么武器，都需要近身使用。我们面对的可是装有实弹的来复枪、手枪以及冲锋枪的德国卫兵。我们四人都没有杀死过这样的人。

"我们到外面去听听大炮声。"乔治说。

整整一天，我都听到了远处美军大炮的轰隆声，过去听到的德军炮火声没有再出现。在营房外，我们发现天气温暖如春，越来越好。

"也许我们不用行军到奥地利去。"我大声说出了内心的想法。这个希望像高压锅内的压力一样越来越大。所有战俘都在谈论怎样行动，何时行动。

我对弗兰克说："西蒙告诉我，没有人告诉他们转移的事情。他们没有从德军那里听到任何消息，但他们知道美军在挺进。西蒙他们也愿意杀死德国人，但他们需要机会。"

第二天晚上，翻译和上尉如约再次出现。夜色漆黑，仍然像头天晚上那样没有任何德国卫兵。同样，没有等到翻译提出要求，我们再次在门口设置了自己的卫兵。

"计划有变，明天早上就要动身。苏联人和非洲人留下来；英国人、法国人和美国人离开。这三个国家的人在足球场上集合。所有战俘都要列队走到大路

第五章 第九战俘营,齐根海恩

上。我们的旅程就要开始了,但是我们不会去。司令官不会相信我们过度虚弱无法行军,因此,我们要向他证明这一点。这就是我们要做的事情。"

上尉说:"我们也许可以不惜一切代价,但在那之前我们已经全部完蛋了。明天早上,我们在足球场上集合。英国人和法国人会和我们分开。我们排好队列之后,每隔两个人就有一个立刻倒在地上,大声嚎叫,装出生病的样子。其余的人不要散开,但要尽力去帮助倒地的那个人。我们要给德军演一场戏。他们很可能不会相信。无论相信与否,我们都要拖延到英国人和法国人离开足球场的时候,我们必须拖延到他们全部走光。

"不要让德国卫兵妨碍了你们各自的任务。德军怕得要死,唯恐在美军到达之前不能离开这里,他们迫不及待想离开,他们不敢向我们开枪。因此,他们不会浪费时间逼迫我们出发。他们想的是如何挽救自己,他们担心被俘。如果我们坚持,就能够等到我们的军队到来。他们近在咫尺。如果这个计划由于某种原因没有成功,我们就执行第一个计划。一旦上路之后,我们就灭掉德国卫兵。明早见。"

他们两人接着到下一个营房去了。

"我们要面临一个真正的早上了。"皮特说,"这会是一场真正的演出。你觉得这些步兵全都有勇气执行这个计划吗?"

"不会。"我回答,"但我们有足够的人能够做到这一点。"

"最终要的是拖延,"乔治说,"一直拖到德国人不得不逃命的时候。司令官肯定非常清楚美军的位置。"

"我们在这里太危险,要面对许多事情。"弗兰克说。

"还记得在巴德奥布的那挺机关枪吗?"皮特接着说。

我们大家都认为今晚很难睡着。

早晨来临。我们喝了菊苣茶。一切如常。

"*Raus*(快点)。"三名卫兵走进营房说。我们出去了。不对,今天和往常不同,但天气没变。天空依然多云,温度适宜。不过今天会有变化。它和我们在巴德奥布最后一次接到命令出去的那天很像，但今天没有机关枪。

我看到英国人和法国人已经在足球场对面排好方队。上尉要我们大家注意。这是那个我们从未用过的足球场。演员们开始扮演自己的角色；弗兰克和我倒在了地上，皮特和乔治连忙装出帮助我们的样子。在整个方队里，美国战俘全都在使用同样的招数，倒地呻吟。

德国军官在大声吼骂，法国战俘和英国战俘正在离开足球场。德国士兵要我们站起来出发。到处都是他们的人，正用来复枪戳那些站着的人。

德国人叫走了上尉和翻译。他们不见了，我们继续佯装生病。众人乱成一团，德国人好像不知道应该如何应对。我们继续呻吟，更多的美国步兵倒在地上。现在有三分之二的美国人躺在地上。每个人都想成为受害者。

英国人和法国人已经走光，德国人暴跳如雷。现在，他们扬言要开枪打死我们，但一枪都没有开。上尉说对了，他们不敢开枪打死我们。看样子大撤离已经开始，但我们不想走。我们继续假装生病。十分钟过去了，二十分钟过去了，德国士兵马上就要离开。

三十分钟过去了，只剩下了我们。我们没有计划下一步。

下一步要怎么做？

翻译出现了："回到营房，不要出来。战俘营的司令官昨晚就走了，留下来负责的军官本来打算今天上午枪毙我和上尉，以此追究我们拖延的责任。德国人知道这全是在做戏。他们想同我们做个交易：如果美国人全部离开，我们就不会被枪毙。上尉不同意。

"他告诉他们，如果我们被处死，美军就会追上他们。所有的美国战俘都是目击者。他建议德国人在能离开的时候赶快离开，因为美军明天就会到达。他们现在已经走了，但留下了配有武器的平民卫兵。美军应该很快就到了。我们要不动声色，等待时机。"

我们四人转身走向营房。当我们经过房外的厕所时，看到一些美国战俘藏在肮脏的茅坑底。茅坑里藏满了想要逃命的美国步兵。有些战俘藏在营房中的架子

第五章 第九战俘营，齐根海恩

床下，还有一些藏在外面，营房的下面。有些人在营房下面挖了坑，藏身在里面，用泥土盖住自己。所有可能藏人的角落里都藏着人。这些人过于恐惧，不敢出去排队。我并不认同他们的做法。他们是没有勇气执行我们的计划的人。

如果我们被迫同法国人和英国人一起出发，他们大概就没有活命的机会了。

我们四人都认为强者必须帮助弱者。B计划似乎成功了，它比A计划简单得多。我的手指在衣袋中摩挲着那块顶部锋利的玻璃碎片。我一定会用它干掉那个卫兵。

从营房的窗户望出去，我看到平民卫兵站在前门旁。不知道他们此时在想什么。我的对手就在这里的某个地方。我决定先等待美军的到来，然后再把他找出来。

"嗨，西蒙，你对这一切怎么看？"我朝着街对面大声问。

他站在厨房的走廊上，咧着嘴开心地大笑着。"该回家了。"他回答，"这不是很好吗？美军抵达之后，你们一定要来看我。"

"我肯定会的。"

"别忘了今晚到栅栏这儿取吃的，也许这是最后一次了。"

我和他约好黄昏时见面。我们吃了平时吃的食物，然后又吃了从西蒙那里取回来的餐盒中的食物。所有的话题都与回家有关。

"和昨晚相比，今晚真美好。我本来还不确定我们会成功。不知道还需要多久才能见到来救我们的人。"乔治说。

"也许，他们明天就会出现。"皮特说，"有一件事是肯定的：我们看到的是最后一批德军，除非他们决定把我们当作肉身盾牌。上尉和翻译非常了不起。我们拖延行军时，他们一定很难熬。"

"那两个人是大家的福星。"我答道。

隔壁架子床上的人问："你们听说了吗？苏联人已经突破障碍，去了齐根海恩。他们像动物一样洗劫了整个镇。他们有些人带走了肉、土豆以及所有能够带走的东西。"

"他们尽管抢,我只想离开这里。"

皮特说:"还有人在谈论袭击平民卫兵,夺取战俘营。"

"接下来怎么做?难道祈祷被解救?那样做太笨了。我要按兵不动,就按照翻译他们说的做。"

我们那晚很快就进入了梦乡。

早上,我们被轻型武器的开火声吵醒。

乔治起床后朝外面看去。"声音是从树林那边传过来的。"

我们走到房外。果然,那些愚蠢的德国佬正与美军一决雌雄。树林在足球场后半英里左右。我们看不到两侧的军队,但他们肯定正在用机关枪和来复枪向这里奋力进攻。

"警戒塔上没有卫兵。"乔治说。

"我们这儿现在只有平民卫兵。"弗兰克接着说。随后,我们听到美军坦克大炮的轰隆声。接踵而来的是一片寂静。"看样子,谢尔曼将军的坦克结束了那边的战斗。"

我们走向足球场的另一边,然后开口大喊。"也许,他们会听到我们的声音过来。"皮特说。

我们向外面看去。美军的坦克和步兵装甲车正从齐根海恩的方向沿路开来。哈利路亚(赞美上帝的用语)!他们来了!

"他们来了,他们来了。"我们走近营房时,迎面响起了欢呼声。一辆美国坦克停在大门旁。我们全部冲到外面。的确是美军的坦克。大家涌出营房,走进街道,穿过大门。坦克兵看到我们似乎和我们看到他们一样高兴。他们将香烟、雪茄、应急口粮以及《星条旗》这本书分发给了我们。

多么激动人心的时刻啊!"战争结束了。"我说,"我们全都解脱了。"

"我们知道你们的位置,只是寻找你们花了一点时间,不过,你们现在安全了。德国佬正在忙着逃跑。"一名坦克兵说。

"看见你们真是太好了。"

第五章　第九战俘营，齐根海恩

我们回到营房开始吃应急口粮。它们的味道太好了。翻译正在讲话。

"卡车很快就到，它们会给我们送来面包，也许还有咖啡。重要的是，我们明天就要离开这里，去休养营地。在那之前，大家要留在营房里。我们会从战俘中指定临时的军警来维持秩序。不要四处乱逛，因为有些恐惧的德国平民也许会向你们开枪射击。你们不再是战俘了，你们是美国军人，要像往日那样服从命令。你们都是士官，自然应该有相应的表现。苏联人侵扰了齐根海恩镇，平民为了保卫自己的家园开枪打死了一些苏联人。感谢上帝，经历这一切之后，我们仅有几名伤亡人员。"

然后，他离开了。我们四人无比幸福地慢慢品味他那些话。我清楚自己要做什么。

我走出营房，走上大街。一名美国战俘手握来复枪站在那里，他的袖子上佩戴着一个深红色的臂章。

"你从哪儿拿到这把来复枪的？"我问他。

"为了履行军警的职责，我们暂时征用了卫兵的来复枪，用到我们明天早上离开的时候。"

"戴上那个臂章，就可以在战俘营里四处走动了吗？"

"对。为什么问这个？"

"我有个朋友在非洲战俘区，我想去看看他。之前，他总是偷偷送食物给我。"

"喏，"他说着将臂章递给我，"把我的拿去吧，我再去坦克里拿一个。"

"谢谢。"我戴上臂章，然后走开。

现在是傍晚时分。我找到非洲营房区，走进第一个营房。

我打开门之后，看到满满一屋子非洲人。他们坐在地上。门关着的时候，房内黑漆漆的，只有地板中间燃烧的火光带来一丝光亮。我勉强可以看清火周围的人。一个声音大声喊道："军士。"

是西蒙。我张开双臂，紧紧抱住他。

"看到你太好了。"我说。

"看见你出来真高兴。"他说,"坐下来,吃点东西。"

他将一块肉塞到我手里,我咬了一口。我不知道是什么肉,但我不会要他告诉我。

"谢谢。"

我们坐下来。他向我介绍了他的朋友和战友,同时也向众人解释了我的身份。他们正在讨论如何回家的问题。西蒙将他的家庭情况告诉了我,我也向他说了我的背景。其余的人都非常友好,他们说法语。

"你看到那个卫兵了吗?"西蒙问。

"没有。不过,我现在就打算去找他。"

"千万别做让自己以后后悔的事情。"

"我不会后悔的。"我回答。

他戴着一顶中东式样的红色毡帽。"我们交换帽子吧。"他提议说。

"好主意。"我将戴在头盔下的步兵针织帽送给他。他将自己的毡帽送给我。"现在,我看起来像是南非的高官吧。"他哈哈大笑,然后我们交换了姓名和地址。我们两个都将彼此的信息写在了战俘营的明信片上。在这五年的监禁期间,西蒙已经学会读写英语。他说英语和英国人一样棒,我十分佩服他。"我会在我们明天离开之前想办法来见你。"我接着说。

我打开门离开。他们这一屋子士兵也即将踏上回家的路途。不知道他们的营房是否会在早上之前烧毁。但我可以确定,非洲士兵对此毫不在乎。

我离开的时候,看到一支来复枪倚在墙上。我拿起了它。枪里没有子弹。我将它挎在了肩上。现在,我看起来像一名临时军警。我快速折回,穿过我们的营区,走向足球场。那个德国卫兵会藏在哪里?即使我找到了子弹,也无法开枪打死他,那样动静太大。我会勒死他,总之,我就是那样计划的。

我穿过隔壁的营区,走向战俘营后部。天色正在变暗,难以视物。那边的手推车里好像有什么东西。就是他。他仰面躺着,肯定睡着了。我伸出手臂,抓住

第五章 第九战俘营，齐根海恩

了他。我虽然非常紧张，但我要马上动手，这是他最后一眼看到这个世界。

他没有动。他不是睡着了，而是没有呼吸，他已经死了。他的脖子角度奇怪，原来已经断裂——有人抢先一步干掉了他。我这时才如梦初醒，意识到自己差点徒手杀死另一个人。我怎么能做这样的事情？如果我早到一些，不是已经这样做了吗？

我单膝着地，庆幸自己没有做出这样残酷的行径。我如释重负，同时心中暗想是否有人一直在留意我经历的一切，又是谁现在再次拯救了我。谢天谢地，我没有杀死那个人。我只有二十岁，一旦杀了人，我会一辈子背着这个沉重的包袱，我会愧疚难当，就如当初开枪打死那只小鸟时那样。

我挨着尸体坐在手推车边上，凝视着天空。今晚的天空一片漆黑。这一切必定事出有因。我的身体似乎已被抽干，心里空荡荡的。如果天堂里有上帝，那我一定辜负他太多。一个月前，当我诵读玫瑰经时，曾经发过誓。我说，如果我活着离开战俘营，绝不会再有任何祈求。

我慢慢站起，迈步走开。我全身颤抖，无法确定自己身处何方。战俘营的这个地带对我来说是陌生的。随后，我听到了喧闹的声音，好像有人在聚会，是一个嘈杂的聚会。我走向最近的建筑，门开着，有人在喧哗。是苏联人。我将肩上的来复枪甩到背后，背带勒在胸前。这样就无人能从我身上将它取走。也许，未必有人会这样做，只是以防万一。

我从门里走进去。房内乱哄哄的，这里是屠宰场，还是厨房？不，这是一个营房，可今晚，它三者都是。烹饪的火焰正在营房内外燃烧，燃料就是架子床上的木板。一块块肉从房顶吊下来，血滴满了地面。五个苏联人坐在地上，正在吃肉、土豆、蔬菜以及其他能够找到的食物。他们挥舞着手中的肉和酒瓶，衷心地欢迎我的到来。他们全都用手吃着食物，大口喝着瓶中的酒。他们虽然已经醉了，但仍然十分友好。

一瓶酒被塞进我的手中。我知道，以我的身体状况，如果饮酒，我会陷入昏迷之中。我用力将酒瓶按到嘴边，但一点都没有喝下去。这是某种威士忌，动物

杀向德国的血路：许特根森林和突出部战役

血液的腥味，人体散发出的臭味，威士忌的味道，肉上滴落的油脂，以及燃烧时的浓烟——所有这一切扑面而来。建筑内非常昏暗，除了这群人，我看不到其他任何人。他们深棕色的制服肮脏不堪，黑色的靴子上沾满泥泞。每个人的皮肤都是深色的，头发漆黑，长着亚洲人的眼睛。奇怪，他们不会说英语，我不会说俄语，但我们全都能互相理解。我们有共同的敌人，但他们现在已经离开。我们全都佩带着武器，他们不知道我扛的来复枪是空枪，也不会发现。他们有的腰带上别着手枪，其余的腿上放着来复枪。

他们看上去都脾气暴躁，我不知道他们的友善态度能保持多久。我看到架子床上有些家具和亚麻床单。他们一定就是洗劫了齐根海恩的那群苏联人。流言说他们带回了一些女人，但我一个也没有看到。两个人指着我的臂章，上下点着头。另外一个指着我的来复枪，挑起了眉毛。他们以为我是某个重要人物。我头上的毡帽引起了他们的注意。

他们也许以为我是来这里视察的，他们知道我是美国人。但他们不可能看出我的来复枪里没有子弹，以为枪一直在我背上。他们还知道美军有辆坦克停在大门旁。我左边的那个苏联人个子矮小，目光闪烁。他油腻的手指正缓慢地沿着他的来复枪托偷偷移向扳机。他的眼睛盯着我的来复枪，我的眼睛盯着他。如果我的来复枪里装有子弹，我会动手击毙他。然而，它里面没有子弹。其余的人全都看着我们两人。我离开这里的时候到了。

我向后退了一步，他们再次点了点头。那个高个子伸出手，递给我一大块羊排、一袋土豆和一个煎锅。显然，他们希望我到别的地方去自己动手做些吃的。这与我的想法不谋而合。我走得越早越好，那个目光闪烁的矮个子混蛋不怀好意。在我准备离开时，他们咧嘴大笑，一边高声说着什么，一边挥舞着手中的酒瓶。我不知道他们在说什么，也许是"归你了"之类的话。

走出建筑后，我松了口气，心中暗想：难道他们是成吉思汗的后人——蒙古人吗？无论他们是什么人，我为能够离开那里高兴得要死。难怪德国人害怕他们，他们看起来好像要吃人。我那天可真够忙的。去了非洲，然后到了苏联，现

第五章　第九战俘营，齐根海恩

在该回家了。

"弗兰克，找些木头，我带了晚餐回来。"

"你究竟到哪儿去了？"他问。

"买了点东西。"

"你从哪儿弄到了那顶帽子和那把来复枪的？"

"我会告诉你的，我们马上要有油炸土豆和羊排吃了。"

皮特说："我们有白面包了，味道好得像蛋糕，真是不敢相信这是真的。"

我们拆掉一张架子床，在营房外生起一堆火，然后在剪锅中烹煮食物。我们用手从煎锅中抓起肉和土豆大快朵颐。太好吃了。

我们狼吞虎咽地吃了很多。二十分钟后，我们四个人全都将吃下的东西统统吐了出来。他们三人问我那个卫兵的事情。我向他们说了实话。今夜，发生了太多的事情。

夜间，第九装甲部队开着卡车到达。第二天上午，1945年3月31日，我们动身前往法国的勒阿弗尔。噩梦结束了。

尾　声

1944年11月7日，战争停止。德军第89步兵师上尉、内科医生冈特·司徒特根（Gunter Stuttgen）在许特根瓦尔德（Hurtgenwald）呼吁停火谈判，得到最高指挥部的批准。谈判持续两个小时。美德双方的士兵都从那次为期三天的大屠杀中得到解救。在那个寒冷漆黑的夜晚，原本有220名士兵的第28步兵师I连的残存人员放下武器，用匆匆做成的担架抬着伤员在树丛间摸索前进，前往卡尔桥（The Kall Bridge）。司徒特根医生和美德双方的军医照顾着躺在担架上以及尚能行走的伤员。德国的救护车会将伤员送到医院。我负责抬担架，没有佩带任何武器。

2004年11月7日，在卡尔桥的旧址举行一座石雕的落成仪式。这座石雕是为了纪念那次人道主义行为。司徒特根医生已经获得美德两国政府颁发的最高人道主义奖。油画《愈合时刻》（*A Time for Healing*）描绘了那次持续两个小时的停火谈判，它现在悬挂在德国国民警卫队（German National Guard）总部的博物馆内。福瑟纳克（Vossenack）悬挂着一幅它的复制品。

多年已经过去。弗兰克、皮特、乔治、雷德、科罗内尔、比尔、约翰、德克斯以及斯利姆，这些名字用来代表那些曾经在许特根森林战役、突出部战役以及战俘营中帮助过我的优秀士兵。岁月流逝，他们的面孔在我的记忆中已经逐渐模糊，直至全部消失。他们的名字也随着时间被遗忘，但我永远不会忘记他们。

我曾经给西蒙写过信，但没收到回音。我希望他戴着新帽子成功返回到家

尾声

乡，这是他应得的。

重返部队的感觉真好。在勒阿弗尔，我们得到了我们需要的一切：热水淋浴、干净衣服、床以及露天食堂。我们不是感到饿了才吃东西，而是为了不饿而吃东西。我原本就没有脂肪的身体减少了四十一磅。我们获得许可，可以在自己的住处放水果和面包，只是为了知道我们随时有东西吃。饥饿是一种可怕的感觉。我们的胃已经变小，我们的身体非常虚弱。我们乘船回家之前，得到一周时间在巴黎度假，我遇到一个绿发女孩，但三天后我就走了。一切都来得太快。

我们在新泽西的迪克斯堡（Fort Dix）停留了一周。我们是第一批返回的战俘。我们得到了非同一般的关注。《纽约时报》大肆报道迪克斯堡没有为遣返回国的美国战俘提供足够的香烟，而监禁在那里的德国战俘却应有尽有。受到美国公众的关注，我们感觉良好。在欧洲胜利日那天，我站在纽约市第四十二大街和百老汇大街的交会处，散发真正的德国马克作为纪念品。这些德国马克已经失去了价值，因为已被盟军占领区货币（Allied Occupation Currency）取代。我相信，在齐根海恩经营黑市的那名美国军士发现这个事实后，一定会暴跳如雷。

我们获得了三十天的探亲假，真不错。在五月份的时候，我的父母还留着一棵圣诞树等候我的归来。后来，我们这些战俘在纽约北部的普莱西德湖（Lake Placid）休假区逗留了三十天。我们在那里度过了美好的假期，同时也接受了采访以及生理与心理双重检查。埃德·苏利文（Ed Sullivan）对我进行了采访。他当时是纽约一家报社的记者。公众希望了解我们。

我拒绝了紫心勋章，我不可能只因为一点小伤就戴上它。1945年11月，我离开了迪克斯堡的军区医院。诊断结果是椎间盘突出，是在那个卫兵用来复枪的枪托戳我的时候裂开的。那个银十字架链子仍然挂在我的脖子上；每年12月16日，当我吃到煎饼、熏肉以及草莓酱的时候，就会疑惑时间都去哪儿了，并且会问自己那一切是否真的值得。

在战斗中，当我忘掉恐惧成为一名真正的士兵时，我感到非常欣慰；当这种感觉消失时，我再次感到欣慰。有几次，我想起抛弃在卢森堡的散兵坑里的那个朋友，喝得酩酊大醉。我的未婚妻不知道我醉酒的原因，她想弄明白我的感受。我回答说："无助。"最终，连这种感觉也已成为过去。

1946年1月，我重返盖茨堡学院，继续自己的生活。

这生活已经改变。

后　记

2004年5月21日，我出现在《历史频道》时长一小时的节目《阿纳姆桥》（*The Bridge at Arnhem*）中。克里斯汀·弗雷是德国历史频道的制片人，为德国人民制作了一部长达六个小时的纪录片《世纪之战》。政府希望德国人民从曾经交战的德美两国士兵口中了解这场战争。这部纪录片完成之后，立刻被送到美国历史频道。我口述的部分包括两次战役：许特根森林战役和突出部战役。

读完这部分的德语脚本之后，克里斯汀在2003年夏天打电话给我，希望我同意七月份在卡罗莱纳州哥伦比亚我的家里接受电视采访。

此后不久，我与他见面，面对摄像机讲述了两个半小时。我们喝了一点德国啤酒，一段温馨的友谊也就此开始。迈克尔·多森撰写了此书的引言部分。他的军事知识丰富渊博，正是在他的帮助下，我才得以完成这本书。对于他和克里斯汀，我永远心存感激。

致　谢

责任编辑娜塔莉·罗森斯坦（Natalee Rosenstein）收集了许多琐细的资料，造就了一本成功的作品，在此我向她表示最衷心的感谢：您是一位名副其实的专业人士。

感谢娜塔莉的助手罗宾·巴莱塔（Robin Barletta），他令我在这个我不熟悉的世界中感觉到"特别之处"：您一直奔前忙后，对这本书的完成功不可没。

感谢代理商E. J. 麦卡锡（McCarthy）：您凭借自己的丰富经验售出此书，并帮助我沿着正确的道路前进。

感谢文学创作教授兼作家玛丽莲·奎格力（Marilyn Quigly）：您反复告诉我，我的作品应该出版。您的话，我铭记在心。

感谢历史学教授兼作家约翰·麦克马努斯（John McManus）：在本书的写作和出版的过程中，您一直为我指明方向，令我避免了许多错误。

感谢美国陆军历史学家罗伯特·F. 菲利普斯（Robert F. Phillips）：您对本书中的官方数据和准确性进行了核实，让本书获得了应有的可信性。

感谢美国步兵团退休上校迈克尔·多森（Michael Dawson）：您激励我回忆撰写自己的故事，并常常为我提供军事史实和统计数据，使我的故事更加真实可靠，进而促成了本书的完成。

感谢德国历史频道电视导演克里斯汀·弗雷（Christian Frey）：您制作的六小时纪录片《世纪之战》（*War of the Century*）分别在德国与美国播放，您允许我在其中讲述自己的作品，并劝我将其出版。

感谢霍莉·巴莱特·约翰逊（Holly Bartlett Johnson），你是最称职的秘书。

我撰写此书的目的并不是为了牟利，而是为了那些可爱的人们。他们渴望了解和理解一次极为惨烈令人感动的事件。我希望本书能够对此有所帮助。